复旦大学中文系作家班

创办 30 周年(1989—2019)纪念

复旦大学中文系高山流水文丛
顾问：陈思和　骆玉明　主编：陈引驰　梁永安

宣读你内心那最后一页

东荡子／著　聂小雨／编

复旦大学出版社

总序

"五四"新文学运动一百年来的历史证明：新文学之所以能够朝气蓬勃、所向披靡，为中国社会的进步和发展作出了那么大的贡献，一个很重要的原因，就是它始终与青年的热烈情怀紧密连在一起，青年人的热情、纯洁、勇敢、爱憎分明以及想象力，都为文学创作提供了丰厚的资源——我说的文学创作资源，并非是指创作的材料或者生活经验，而是指一种主体性因素，诸如创作热情、主观意志、爱憎态度以及对人生不那么世故的认知方法。心灵不单纯的人很难创造出真正感动人的艺术作品。青年学生在清洁的校园里获得了人生的理想和勇往直前的战斗热情，才能在走出校园以后，置身于举世滔滔的浑浊社会仍然保持一个战士的敏感心态，敢于对污秽的生存环境进行不妥协的批判和抗争。文学说到底是人类精神纯洁性的象征，文学的理想是人类追求进步、战胜黑暗的无数人生理想中最明亮的一部分。校园、青春、诗歌、梦以及笑与泪……都是新文学史构成的基石。

我这么说，并非认为文学可能在校园里呈现出最美好的样态，如果从文学发生学的角度来看，校园可能是为文学创作主体性的成长提供了最好的精神准备。在复旦大学百余年的历史中，有两个时期对文学史的贡献是不可忽略的：一个是在抗战时期的重庆北碚，大批青年诗人在胡风主编的《七月》上发表个性鲜明的诗歌，绿原、曾卓、邹荻帆、冀汸……形成了后来被称作"七月诗派"的核心力量；这个学校给予青年诗人们精神人格力量的凝聚与另外一个学校即西南联大对学生形成的现代诗歌风格的凝聚，构成了战时诗坛一对闪闪发光的双子星座。还有一个时期就是上世纪70年代后期，复旦大学中文系设立了文学创作与文学评论两个专业，直到1977年恢复高考的时候，依然是以这两个专业方向来进行招生，吸引了一大批怀着文学梦想的青年才俊进入复旦。当时校园里不仅产生了对文学史留下深刻印痕的"伤痕文学"，而且在复旦诗社、校园话剧以及学生文学社团的活动中培养了一批文学积极分子，他们离开校园后，都走上了极不平凡的人生道路，无论是人海浮沉，还是漂泊他乡异国，他们对文学理想的追求与实践，始终发挥着持久的正能量。74级的校友梁晓声，77级的校友卢新华、张锐、张胜友（已故）、王兆军、胡平、李辉等等，都是一时之选，直到新世纪还在孜孜履行文学的责任。他们严肃的人生道路与文学道路，与他们的前辈"七月诗派"的受难精神，正好构成不同历史背景的文学呼应。

接下来就可以说到复旦作家班的创办和建设了。上世纪八九十年代之交，复旦大学受教育部的委托，连续办了三届作家班。最初是从北京中国作协鲁迅文学院接手了第一届作家班的学员，正如《复旦大学中文系"高山流水"文丛》策划书所说的，当时学员们见证了历史的伤痛，感受了时代的沧桑，是在痛苦和反思的主体精神驱使下，步入体制化的文学教育殿堂，传承"五四"文学的薪火。当时骆玉明、梁永安和我都是青年教师，永安是作家班的具体创办者，我和玉明只担任了若干课程，还有杨竟人等很多老师都为作家班上过课。其实我觉得上什么课不太重要，我已经完全忘记了当初的讲课情况，学员们可能也忘了课堂所学的内容，但是师生之间某种若隐若现的精神联系始终存在着。永安、玉明他们与作家班学员的联系，可能比我要多一些；我在其间，只是为他们个别学员的创作写过一些推介文字。而学员们在以后的发展道路上,也多次回报母校,给中文系学科建设以帮助。

三十年过去了。今年是第一届作家班入校三十周年(1989—2019)。为了纪念,作家班学员与中文系一起策划了这套《文丛》,向母校展示他们毕业以后的创作实绩。虽然有煌煌十六册大书,仍然只是他们全部创作的一小部分。因为时间关系,我来不及细读这些出版在即的精美作品,但望着堆在书桌上一叠叠厚厚的清样,心中的感动还是油然而生。三十年对一个人的生命历程而言,不是一个短距离,他们用文字认真记录了自己的生命痕迹,脚印里渗透了浓浓的复旦精神。我想就此谈两点感动。

其一,三十年过去了,作家们几乎都踏踏实实地站在生活的前沿,在商品经济大潮的呼啸中,浮沉自有不同,但是他们都没有离开实在的中国社会生活,很多作家坚持在遥远的边远地区,有的在黑龙江、内蒙古和大西北写出了丰富的作品,有的活跃在广西、湖南等南方地区,他们的写作对当下文坛产生了强大的冲击力;即使出国在外的作家们,也没有为了生活而沉沦,不忘文学与梦想,是他们的基本生活态度。他们有些已经成为当代世界华文文学领域的优秀代表。老杜有诗:"同学少年多不贱,五陵衣马自轻肥。"这句话本来是指人生事业的亨达,而我想改其意而用之:我们所面对的复旦作家班高山流水般的文学成就,足以证明作家们的精神世界是何等的"轻裘肥马",独特而饱满。

其二,三十年过去了,当代文学的生态也发生了沧桑之变。上世纪90年代以来,文学已经从80年代的神坛上被请了下来,迅速走向边缘;紧接着新世纪的中国很快进入网络时代,各种新媒体文学应运而生,形式上更加靠拢通俗市场上的流行读物。这种文学的大趋势对"五四"新文学传统不能不构成严重挑战,对于文学如何保持足够的精神力量,也是一个重大考验。然而这套《文丛》的创作,无论是诗歌、散文还是小说,依然坚持了严肃的生活态度和文学道路。我读了其中的几部作品,知音之感久久缠盘在心间。我想引用已故的作家班学员东荡子（吴波）的一段遗言，祭作我们共同的文学理想：

> 人类的文明保护着人类，使人类少受各种压迫和折磨，人类就要不断创造文明，维护并完整文明，健康人类精神，不断消除人类的黑暗，寻求达到自身的完整性。它要抵抗或要消除的是人类生存环境中可能有的各种不利因素——它包括自然的、人为的身体和精神中纠缠的各种痛苦和灾难，他们都是人类的黑暗，人类必须与黑暗作斗争，这是人类文明的要求，也是人类精神的愿望。

我曾把这位天才诗人的文章念给一个朋友听，朋友听了以后发表感想，说这文章的意思有点重复，讲人类要消除黑暗，讲一遍就可以了，用不着反复来讲。我不同意他的观点，我说，讲一遍怎么够？人类面对那么多的黑暗现象，老的黑暗还没有消除，新的黑暗又接踵而来，人类只有不停地提醒自己，反复地记住要消除黑暗，与黑暗力量做斗争，至少也不要与黑暗同流合污，尤其是来自人类自身的黑暗，稍不小心，人类就会迷失理性，陷入自身的黑暗与愚昧之中。东荡子因为看到黑暗现象太多了，他才要反反复复地强调；只有心底如此透明的诗人，才会不甘同流合污，早早地离开了这个世界。

我之所以要引用并且推荐东荡子的话，是因为我在这段话里嗅出了我们的前辈校友"七月派"诗人中高贵的精神脉搏，也感受到梁晓声等校友们始终坚持的文学创作态度，由此我似乎看到了高山流水的精神渊源，希望这种源流能够在曲折和反复中倔强、坚定地奔腾下去，作为复旦校园对当今文坛的一种特殊的贡献。

复旦大学作家班的精神还在校园里蔓延。从2009年起，复旦大学中文系建立了全国第一个MFA的专业硕士学位点。到今年也已经有整整十届了,培养了一大批年轻的优秀写作人才。听说今年下半年,这个硕士点也要举办一系列的纪念活动。我想说的是,作家们的年龄可以越来越轻,我们所置身的时代生活也可以越来越新,但是作为新文学的理想及其精神源流,作为弥漫在复旦校园中的文学精神,则是不会改变也不应该改变,它将一如既往地发出战士的呐喊,为消除人类的黑暗作出自己的贡献。

写到这里,我的这篇序文似乎也可以结束了。但是我的情绪还远远没有平息下来,我想再抄录一段东荡子的诗,作为我与亲爱的作家班学员的共勉:

> 如果人类,人类真的能够学习野地里的植物
> 守住贞操、道德和为人的品格,即便是守住
> 一生的孤独,犹如植物
> 在寂寞地生长、开花、舞蹈于风雨中
> 当它死去,也不离开它的根本
> 它的果实却被酿成美酒,得到很好的储存
> 它的芳香飘到了千里之外,永不散去
> 停留在一切美的中心
> ——《停留在一切美的中心》

陈思和

2019年7月12日写于海上鱼焦了斋

目录

第一辑　鸟在永远飞翔 / 001

旅途 / 002

白昼 / 003

伐木者 / 004

牧场 / 005

英雄 / 006

水又怎样 / 007

感动 / 008

童年时代 / 009

阻止我的心奔入大海 / 010

致诗人 / 011

朋友 / 012

盲人 / 013

月亮 / 014

鸟在永远飞翔 / 015

生来就得寻找 / 017

他相信了心灵 / 018

生存 / 019

暮年 / 020

无能之辈 / 021

在天上还要寻找什么 / 022

消息 / 024

大海终将变得沮丧 / 025

到中国去 / 026

不要隐秘我们的心 / 027

为祖父而作 / 028

东荡洲 / 029

诗歌是简单的 / 030

北方 / 031

来自莫斯科的传言 / 032

预言 / 033

虚无 / 034

他们向我伸出手求助 / 035

有准备地走向地狱 / 036

旅人 / 037

痛苦比羽毛还轻 / 038

他们袒露了同一颗心灵 / 039

黄金是最轻的物质 / 040

信徒 / 041

年纪轻轻时 / 042

停留在一切美的中心 / 043

我永不知我会是独自一人 / 045

致尼娜 / 047

凝固 / 048

硬币 / 049

杜若之歌 / 050

流传 / 051

上帝遗下的种子 / 052

第二辑　看见里面的光 / 053

　　灰烬是幸福的 / 054

　　信任 / 055

　　木马 / 057

　　寓言 / 058

　　王冠 / 059

　　黑色 / 060

　　那里是一滴水 / 061

　　树叶曾经在高处 / 062

　　看见里面的光 / 063

　　给这个时代 / 064

　　卑微 / 065

　　世界上只有一个 / 066

　　在大海里放下我们的心 / 067

　　金子在沙漠中 / 068

　　黎明 / 069

　　空中的梦想 / 070

　　大海在最低的地方 / 071

　　时间忘记了它手中的绳子 / 073

　　他们在黑暗中行进 / 075

　　黑暗中的一群 / 076

　　上帝在黑夜的林中 / 077

　　致夏可君 / 078

　　灵魂 / 080

　　看上去多么愉快 / 082

　　真理和蚂蚁 / 083

　　月亮第一次照耀 / 084

裸婴的世界 / 085

还没有安息 / 086

一切都在结晶 / 087

死亡的犄角 / 088

一片小树叶 / 089

在一枚硬币前停下 / 091

歉意是永远的 / 093

它们在一根一根拔我的羽毛 / 095

开拓草原的辽阔 / 097

请别放在心上 / 099

不为人知的生命 / 101

上帝从不光顾我们的晚餐 / 102

很快就要走了 / 104

花瓣还在吮吸夜间的露珠 / 105

土地 / 107

第三辑　他却独来独往 / 109

倘若它一心发光 / 110

它熬到这一天已经老了 / 111

宣读你内心那最后一页 / 112

倘使你继续迟疑 / 113

那日子一天天溜走 / 114

把剩下的一半分给他 / 115

哪怕不再醒来 / 116

进入它们的心脏 / 117

未见壮士归故乡 / 118

阿斯加的牧场一片安宁 / 119

快随我去问阿斯加 / 120

不要让这门手艺失传 / 122

夏日真的来了 / 123

一片树叶离去 / 124

喧嚣为何停止 / 125

他却独来独往 / 126

奴隶 / 127

容身之地 / 128

芦笛 / 129

盛放的园子 / 130

家园 / 131

异类 / 132

方法 / 133

水波 / 134

你不能往回走 / 135

有时我止步 / 136

相信你终会行将就木 / 137

甩不掉的尾巴 / 138

伤痕 / 139

人为何物 / 140

容器 / 141

让他们去天堂修理栅栏 / 142

水泡 / 143

只需片刻静谧 / 144

诗人死了 / 145

四面树木尽毁 / 146

逃亡 / 147

一意孤行 / 148

它们不是沙漠上的 / 149

高居于血液之上 / 150

将它们的毒液取走 / 151

别怪他不再眷恋 / 152

小屋 / 153

今晚月亮不在天上 / 154

你把一滴光阴掰成了两半 / 155

祭坛 / 156

安顿 / 157

当你把眼睛永久合上 / 158

瞭望 / 159

他们丢失已久 / 160

消除人类精神中的黑暗——完整性诗歌写作思考 / 东荡子 / 161

如果说，用诗歌抵御流水 / 聂小雨 / 167

第一辑 鸟在永远飞翔

旅途

大地啊
你容许一个生灵在这穷途末路的山崖小憩
可远方的阳光穷追不舍
眼前的天空远比远方的天空美丽
可我灼伤的翅膀仍想扑向火焰

1989.3 北海公园

白昼

微风停在鸟唱的树叶上
辽阔的草地,兰花开满如积盖的雪
我的草地,微风停在草地
鸽子在心中飞动
鸽子飞动在兰花中像蜻蜓点水
鸽子在心中飞动像蜘蛛网上的蜻蜓

1989.4 北京

伐木者

伐木场的工人并不聪明,他们的斧头
闪着寒光,只砍倒
一棵年老的朽木

伐木场的工人并不知道伐木场
需要堆放什么
斧头为什么闪光
朽木为什么不朽

1989.9 上海

牧场

你来时马正在饮水
马在桶里饮着你的头
这样你不会待得很久
我躲在牧场的草堆里
看见马在摇尾巴
马的尾巴摇得很厉害
这回你去了不会再来

1989.11 上海

英雄

欢呼的声浪远去
寂静啊,鲜花般开放的寂静
美酒一样迷醉的寂静
我的手

你为什么颤抖,我的英雄
你为何把喜悦深藏
什么东西打湿了你的泪水
又有什么高过了你的光荣

1992.11.8 深圳旅馆

水又怎样

我一直坚持自己活着
疾风与劲草,使我在旷野上
活得更加宽阔

为什么一定要分清方向
为什么要带走许多
我不想带走许多
我需要的现在已不需要

光明和黄金
还有如梦的睡眠
是诗人说过的,一切
都是易碎的欢乐

我确实活得不错
是我知道路的尽头是水
水又怎样
我就这样趟过河去

1993.10 首阳山

感动

遭受一次劫难和一百次劫难没有什么不同
如果你们是坚定的,泥沙沉落
花朵在月下洪波涌起

通过劳动和海水
渴望永不熄灭,没有什么不同的
还有我朴实的手掌
朴实,抚爱沧桑

你们居住在稻田,生我的梦床
我像庄稼一样成长、熟透,看见你们
在谷粒、陶碗和美酒的膝下
饱满地收割,那时
没有什么不同的,最终只有我的泪水飞扬
被你们永远感动、健康
你们是坚定的
你们只看到日出和粮仓

1994.4.7 华容

童年时代

童年时代
我从那里望不到以后的岁月
我感到那时的快乐
我感到一个人活着就因为快乐而不想到别的

多么圣洁
树根在肉体里伸展
穿过地皮,把血肉的思想指引到该去的地点

凉风吹动背上的阳光,我像一片树叶
轻轻摇动
我像一条虫子在摇动的树叶里甜美地做梦
梦见春天,又梦见春天

童年时代
我从那里望到的岁月,春天的山冈
春天的河边小鹿在喝水,在凝望

1994.5.28 华容

阻止我的心奔入大海

我何时才能甩开这爱情的包袱
我何时才能打破一场场美梦
我要在水中看清我自己
哪怕最丑陋,我也要彻底看清
水波啊你平静我求你平静
我要你熄灭我心上的火焰
我要你最后熄灭我站在高空的心
它站得高,它看得远
它倾向花朵一样飘逝的美人
它知道它的痛苦随美到来
它知道它将为美而痛苦一生
水波啊你平静我求你平静
请你在每一个入口阻止我的心奔入大海
也别让我的心在黑暗中发出光明
在它还没有诞生
把它熄灭在怀中

1995.12.18 广州出租屋

致诗人

多少人在今夜都会自行灭亡
我在城市看到他们把粪筐戴在头上
他们说：看，这是桂冠
乡下人的粪筐，乡下人一声不响
带上它在阳光下放牧牛羊
我断定他们今夜并非一声不响地死去
那群写诗的家伙，噢好家伙
我看见受伤的月亮
最后还透映出你们猥琐的面庞

1995.12.18 广州出租屋

朋友

朋友离去草地已经很久
他带着他的瓢,去了大海
他要在大海里盗取海水
远方的火焰正把守海水
他带着他的伤
他要在火焰中盗取海水
天暗下来,朋友要一生才能回来

1995.12.19 广州出租屋

盲人

我们从未写好一首诗
我们从来没有进入秋天
秋天更接近真理
西风凋落我们年轻的头发
枯叶重返故土,我们却要赶完一段路
才能进入黄金世界
我们骑着瞎马,我们这些盲人
还要赶做一些迷人的梦想才能进入黄金世界
秋天深了,我们还在路上,唱着歌
仍在赶做一些迷人的梦想
我们这些盲人
赶着马,不懂得黄金世界
万物在奉献
我们还在赶做一些进入真理的梦想

1995.12.19 广州出租屋

月亮

月亮是我们想象出来的。她优美地高悬
我们在她的笑容里散步、恋爱
做着梦,看见幸福的来生
我们还在梦里想象更多的月亮
最后一个月亮是黑色的
我们摸索着,点起篝火
少女在轻轻唱歌,有些忧伤
强盗在沉默,从马背上下来

1996.7.17 太和楼

鸟在永远飞翔

走过许多的土地和村落,它们使我迷茫
为什么到处都是一样:无边的天空
鸟在永远地飞翔
我爱上这一切,仇恨随之到来
鞭打我们的肉体吧
飞离苦难和幸福的根源
并不需要到来,欢迎我们的嘴脸
又传给他们,直到临死
还装出依恋和忠诚
从来没有人替我告诉他们
今夜我要亲自站出来
蜘蛛覆盖城市的教堂
我在教堂曾为他们敲响丧钟
听吧啊听吧,今夜我将为他们敲得更响
父亲听得见
祖父听得见
儿子还没有诞生
儿子听得见
一个世界为什么不是一个梦想
请给我们看看那真正的容颜

到底在哪里向我们热切呼唤

1996.7.17 太和楼

生来就得寻找

我们生存的目的就是为了寻找目的
但目的是个怪物,很快便失去意义
它像明天、今天都将成为昨天
我们生来就得寻找
因为我们没有,我们需要
我们弄不清我们憧憬的未来
我们为它必须付出信念和牺牲
如果我们拥有永恒
我们就不会寻找永恒
别看我们活得葱葱郁郁
但死神更在时刻呼喊
我们连自己的死都无法看到
也不能听到死者梦见的喜悦和哀伤
活着,只要我们坚信
并且仍在寻找,哪怕生存的意义
如生命一样短暂或虚妄
永恒便会悄悄来到我们中间

1996.7.21 太和楼

他相信了心灵

一滴水的干涸因渺小而永远存在
让我们站在海上沐浴海风，或者凭吊
那不可一世的青年现在多么平静
他看见了什么：辉煌？落日？云彩和失败
他相信了心灵，心灵要沉入大海
那不可阻挡的怪兽，摧毁一切，烧完了自己
在黑夜前停了下来

1996.7.24 太和楼

生存

世界从来没有要求我们生存
我们也没有任何义务,在世界上生存
可是我们活着,那么谁在指使我们
创造光辉的勋章,要我们佩戴
我们却往往在同一炉膛打出枷锁和镣铐
花朵在荆棘丛中生长,充满幸福
人类的幸福必定充满恐惧
没有人敢这样喊出来
也没有人,不愿意追求幸福
那好,还是让我们
来把幸福的含义全部揭穿
它来自人类
它是人类一场永劫的惩罚

1996.8.16 太和楼

暮年

唱完最后一首歌
我就可以走了
我跟我的马,点了点头
拍了拍它颤动的肩膀
黄昏朝它的眼里奔来
犹如我的青春驰入湖底
我想我就要走了
大海为什么还不平息

1996.8.17 太和楼

无能之辈

我的愚蠢在于不断地写出诗歌
说不上对一种语言的热爱,也不是
为了一个国家,是否完全听从于一个魔鬼
它藏身在哪个角落向我指使
或干脆敲打我的脊梁,像罗丹
奔跑在画室和书房:"必须辛苦地工作。"
一个声音对我说:"必须歌唱。"
但我的祖国对我的诗歌并不需要
也许我的祖国在古代有过太多的伟大木匠
制造了传世的宝座,并安了会哭会唱的狗尾巴
看看我们这些无能之辈
春天来了,不能耕播,不能拦路抢劫
也不能敲诈妓女和强盗
如果还在歌唱,那一定是窜到街头
逮到了一匹忏悔的猫

1996.8.17 太和楼

在天上还要寻找什么

在巴黎写诗的家伙只有一个
他是一个潦倒的贵族,父亲一死
便开始流浪,卷着父亲留给他的十万法郎
他把猫倒吊在玻璃上
让人想到一个未来的王朝
玻璃终究要碎,猫会跳到另一个屋顶号叫
整个巴黎都已闻到呕吐的猫
这是早晨,阳光被枯叶遮住
只有一个老头抱着锄头在咳嗽
再写一封情诗给银行家的情妇吧
看那火山喷发的家伙快要逃跑
波特莱尔,我总算是看穿了你的用心
你的继父在欺侮你的母亲
你的继父,即使你老了,他还要揍你
你是一个乞丐,一个醉汉,一个吸血鬼
你是一个妓女,一个绿色的淫鬼
你在一具狗尸前停顿了一个上午
下午就狗一样闻到了地狱,你已成为整个巴黎
你的父亲杀了亚伯,你活该世代流浪
并把眼睛瞎掉,看不到猎矛战胜犁铧
可你阴郁的眼球怎么盯住了我

你这盲人在天上究竟还要寻找什么

1996.8.17 太和楼

消息

我说我的国家，它勤劳、勇敢、智慧
还经常玩弄智慧，远古就有的
像其他所有的国家
但没有什么力量可以解除我与它的关系
远古就已注定我的存在，我的未来也在注定
我必定要瞎哭着来到它的某个乡间
屋前有一条河，喝那河水长大，直到弄懂
一个乡村，一个城市，一个国家，一个人
什么东西不会消失呢，太阳进入黑暗
真理要宁静地普照
无论我们从这个国家出走，还是被放逐
或者仍是因热爱而愤怒，死在它的土地上

1996.8.26 太和楼

大海终将变得沮丧

我最初的到来，他们没有在意
心要在潮湿的角落发出声音
它要向天堂进发，向权力低头，向世俗屈膝
阳光照不到树根的爬伸
我也知道心要在潮湿的角落发出歌唱
它鲜活的旋律，像树木弹拨天空
让我们一起感受它的激越与悠扬
为他们祈祷，宽恕他们
大海终将变得沮丧
当我把心领出潮湿的角落
成为酵母投入大海

1996.11.26 圣地居

到中国去

大海的荣誉是永恒的荣誉
诺贝尔是大海
但诺贝尔明显的缺憾：不懂得汉字
可以抵挡人间所有的炸弹
他也不知道21世纪30年代，全球发疯
汉字养育人类，他们争相观光北京
抚摸圆明园的石头，在火中睁开眼睛
想去抱抱长城，甚至还想
爬进马王堆，躺上一个时辰
哪怕是赤磊河畔的东荡洲
诺贝尔也会驻足，脱帽致敬

1996.12.9 圣地居

不要隐秘我们的心

观察植物拔节,倾听它们滋滋生长
必将探求到生命的奥秘
万物本来就没有声音,人类也没有耳朵和眼睛
我们被置身和谐、梦想和死亡
世界令我们在未见面之前就相互寻找
我们的束缚来于我们自身,施下斧刃
也必定屈于斧刃,或两败俱伤
所有斗争绝非偶然,它类如我敏感事物的天赋
我早就发觉必须逃出生命的怪圈
手脚妨碍我们的语言和声音,又是它们
妨碍我们行动和思想
避免贞节成为眼中的垃圾,我们仍然做不到
感叹天空这无穷无尽的窟窿,漏掉或陨落我们
被大地接收、滋养,为爱、憎恨而成熟
越过藩篱,不像越过心灵和意志
让我们不顾黑夜阻拦倾听生命,而成为知音
不要隐秘我们的心而显露出脸

1996.12.23 圣地居

为祖父而作

他应该在赤磊河边安详地活到百年
他用利斧砍伐过荒山的大木,河水流到今天
是他的奇迹,他的勤劳和勇猛
胜过饥饿的虎豹
他用铁器和木料架筑无数梁房
他应该站在今天的房梁上在早晨祝福他的子孙
这些青青的田亩
随季节逐渐金黄
洪水曾吞没了一切,但树木仍在长
不像我年轻的祖父,在这里流落
在另一地夭亡

1997.1.5 圣地居

东荡洲

不能放下
不能不自己对自己说,你过于渺小
过于眷恋像妇人的心肠
我背着你流浪多年依然还要流浪
在你疲倦的皱褶里选择舒适的温床
却从来不梦见你固定的形象
我摸到你泪的冰凉,使我更加坚定
相信我爱着
时间不能把你和我分开
时间会不会也是一种罪过
你那时允诺我把你赞颂,并让赞颂流传至广
我却带着夏夜的蛙鸣进入喧嚣的尘世
窃听人们不愿听见的声音
窃听人们日夜渴盼的声音
窃取他们的罪证和喜悦
窃取他们的剑和玫瑰的毒
大地在深冬褪尽芬芳和颜色
我在世间犯下罪行
当我死去,它还会长留世上

1997.1.5 圣地居

诗歌是简单的

因为思考而活着
在人群拥挤的喧哗中闻到香气
在单个的岩石上闻到生的气息
在人群、岩石、草木与不毛之地
也会闻到所有腐臭和恶烂的气味
诗歌是简单的,我不能说出它的秘密
你们只管因此而不要认为我是一个诗人
我依靠思索
穿过荆棘和险恶而达到欢迎我的人们
铁树在我临近的中午开花
铁树的花要一个长夜
才会在清晨谢去,那时我遁入泥土
因为关闭思考而不再理睬世间的事物
鸟儿停顿歌唱,天空定有瞬息的凝固
你们挫败了我,是你们巨大的光荣和胜利
而我只是一株蔷薇草,倒在自己的脚下
风很快就把一切吹散

1997.1.6 圣地居

北方

一身贫穷就到北方去
北方的秋天落满金子
因失恋而不能忘去的名字被金子覆盖
灵魂与肉体不需要祈祷和祝福

让死亡变得坦荡就到北方去
北方四季分明,如一张喜怒哀乐的脸
纯朴与亲切舔着你的心灵
你在道路上留下爱
你知道你在世间做下的一切

如果想回到树上的生活就到北方去
那里身佩宝剑的侠客在游荡中劳动
那里时间令正义和真理结合起来

1997.1.12 圣地居

来自莫斯科的传言

我见过孤独的人,但从未见过
发出音乐的器官的孤独,他在马蹄声中
拥抱邻近的灌木,被大地创造,如今隐匿
在木板、雪橇、酒精中被勾销
他是我从来没有见过的农家兄弟,戴着黑色礼帽
渺视彼得堡沙龙充满贵族烟雾的欢笑
来自梁赞村落的自信、自狂和抑郁,他同样渺视
他沉迷美酒和田园
他沉迷于用自己的肉体制作蜡烛
他在熄灭,在莫斯科的大街上摇晃
来不及照完他与异国女人婚姻的旅途
他已过早地将自己吹熄
现在来看看那有趣的马车夫,他在莫斯科
到处传言:你想要获得新的自信
就请跟我一起,去叶赛宁大街

1997.1.14 圣地居

预言

你还没有出现
你还没有朝我微笑
我在夜半惊醒,犹如一个受宠的小孩
在无限之中遇到的巨大缄默
让我守住了这无声的甜蜜
还要一天,或许一生,才能渐渐消除
我的无措或惊惶
预言之中黑暗永无穷尽,种子在奔跑
你那无助而怜悯的心
有一天会闪耀

1997.2.22 圣地居

虚无

我多么希望你活下去,但并非希望你
要获得永生,可以不做一个伟大的人
也绝不可以做下任何一点卑劣的事情
困扰我们的水,它不是水
困扰我们的火,它不是火
困扰我们的真理,不是真理
时间其实是静止而又空洞的虚无之物
不能教我们以实在的意义
忘记它,并且藐视我们所需要的
停在树枝上亲吻花粉的蝴蝶
永远忘记了吮吸水土的根须

1997.3.8 圣地居

他们向我伸出手求助

他看到了那美丽的床
他会死在它的上面
而你会死在离他不远的地方,面朝他
他要从你那里夺回
你从他那里偷来的一点点东西

荆棘鸟还在飞
荆棘鸟的翅膀,还要扑打大理石的教堂
敲醒灵魂的钟敲出
最动人的玫瑰

1934年的玫瑰,吹动罗马教堂的红袍
深渊的烈焰还要深深埋在渊底
命运把爱情赐给另外的青年
爱情却在夕阳里烤熟了两个老年人
他们向我伸出手求助
我也伸出手,然后他们消逝了

1997.3.21 圣地居

有准备地走向地狱

现在你还没有行动
你就该回到地狱去，或回到你的心上
地狱随时都在你的心上潜伏
我们靠得那么近，它要咬噬我们的
正是我们费尽心血争取到的。在世间
还有什么东西不能舍弃
还有什么东西需要争取
相信我们不是永恒的，相信万物
也将要被我们糟蹋和吞灭
但，慵懒的将要成为魔鬼的兄弟
我们明明看到创造的日子，我们伸手
就可能获得，却总与我们有那么一段距离
不能逾越的石头？不可想象的末日
我们如何能有准备地走向地狱
我们的每一秒钟都在向它靠近
它那巨大的血口张开露出狰狞
吞吐着蛇的信子，伪装成激动的火焰

1997.3.26 圣地居

旅人

在我窗前游荡的影子已经安息
露水洗礼早起的旅人
或许他根本就没有睡,从一个深谷
到了另一个深谷,我果然这样认为
他没有梦,厌倦了这个世界
他想走出这个世界,这不可能
我的假设仅仅只是供你们缩小猜测的范围
走在黑暗的深谷如走在光明的深谷
他一定是个出色的盲人,且不知疲倦
他为什么要不知穷尽地走,为什么要
不知穷尽地观望、徘徊,有时也低头
在月亮的背后,不知穷尽地思想
他跟我在广州和赤磊河畔看到的人一样
在那里,我不是起得最早的人
我看到他们没日没夜地走
或稍稍休息,坐在枯叶旁
他们似乎是同一个人

1997.3.26 圣地居

痛苦比羽毛还轻

透过都市冷的金属和玻璃
我看到他们的假面舞会，他们的进行奇特
在汽车、树林、公园的长椅上
他们热烈地进行。在大喊发财
向金钱进攻的旋律中，他们清醒地
抓住晕眩的拐杖，把别墅从山脚移到
咖啡和酒精的杯盏
这是嗅觉需要洗涤的时刻，百合花
和原野的杂草，以及河上漂走的死鱼
发出同样的香气，一个男人、女人
和他们的追慕者，流出同样的汗香
旧的观念和新的观念在同一个鼻孔吸呼
奔赴城市新的开发区和伪劣人格
是这个时代商品的需要
乡村和城市在迷乱的羽翅下庆贺
痛苦的又一天过去了
而痛苦比羽毛还轻，还多
像烟雾弥蒙了世纪末的祖国

1997.3.26 圣地居

他们袒露了同一颗心灵

这个忧郁的诗人忘记了出门的忧郁
他望着突窜而撞倒在脚边的老鼠发出窃笑
一分钟前他在孤独之中的存在也随之撞掉
我们捕捉到他完全意外的快乐
幸亏他不是被一列火车迎面撞上
尽管他更会忘记：死亡的痛和生的追悔
但这不是他所需要的
我猜想他也不是为了那稍闪即逝的窃笑
像歌唱一样。他当然有权在这个世界发出窃笑
在美利坚和法兰西，我也遇到过同样的人
他，惠特曼从亨廷顿的小道开拓城市的思想
他，波特莱尔则从巴黎乘着天鹅飞进地狱
他们袒露同一颗心灵
他们袒露所有人的灵魂对这个世界发出了窃笑
我们的诗人因为一只老鼠撞上而发出了窃笑
他们最初都要被蜗牛挡在躯壳之外
他们因为袒露了所有的灵魂最初而不能进入灵魂
他们快乐，他们悦耳，他们坚不可摧
他们因为袒露了所有的灵魂必将成为他们的灵魂

1997.3.27 圣地居

黄金是最轻的物质

时代的价值在变,把我带到天上
随云朵升上去,降下来,左右飘忽
我是浪漫的,但我更是一个现实主义者
黄金是最轻的物质,充满污垢
它只在空中运转,当要沉落
它只能躲到山后,或一头扎进海里
而脚手架野蛮地架在欲望上边,它暴力的交易
使泥泞里追逐的小鹿停下脚步,望那
美丽南国被水泥毁掉的芭蕉林
先是干旱,后来多了雨水,洪水漫淹
飞翔真是天堂之物?或是水上的泡沫
我是浪漫的,我梦想中的天堂在变

1997.3.28 圣地居

信徒

我赞美你们而被你们赞美
我情愿你们诅咒我,而受到我的赞美
这有什么不可能?告诉我:怎样
才会使我麻木,软弱无力,不听从
美的召唤,不屈膝在它的脚下
我情愿放纵,甚至忘却我的所爱
做光荣和鲜花的臣民
做大树和诗歌的信徒
你们会看到我满意地死去?你们会看到
我像凯旋的战士,或一只战死在野地的工蜂
死去的已经朽烂,不能生还
活着的还要备受煎熬,不会永生
生命本是一场盲目的战争
那么多有毒的和无毒的花草迎着我们开放
阻挡不住的香气,却非要我们拥有
并说出它们的名字

1997.3.31 圣地居

年纪轻轻时

尽管他打开了眼睛
他的逃跑明显属于愚蠢
他要逃往哪里,他的路径全错了
他从来不诅咒他缺乏才华和超众的能力
却非要装模作样地拿出诗人的派头和痛苦
来唱一些很不和谐的腔调
关于人民的疾苦,他只在很少的篇幅里掠过
而对于祖国的虚假,他完全像蜗牛一样
把头深深地缩在坚壁内
难道这就是我,年纪轻轻时
就识得了宽阔和博大,并将自己的一生
都交予它。不要说了,那些荒唐的把戏
请用羞愧的花朵来嘲讽他
用内疚的眼睛来凝视他吧
用落空的心停在他逃跑的途中
这些着火的凌锐的石头
定会将他撕成一块块着火的碎片

1997.4.10 圣地居

停留在一切美的中心

人是短暂的，那人类的长久或永恒
是什么？尽管回答各异
也没有统一为一种有效的法则
我们仍然不会放弃对此反复地追问
并遗交给子孙同样的权利

也许人类无视自然指引，而去围绕
一个良性或非良性的怪圈循环
这个永恒的问答，这个容纳生命而不能
使人开启的天地，在这里，生命却没有返回
我们所看到的复制和延续
正是我们希望宽慰而得到证实的逃避

外国的上帝和中国的神仙也在逃避我们
我们不能借助任何外来的力量改造我们的欲望
如果我们善，让他们恶
便会更加恶，这也是我们的罪恶
自然的法则下：生命要幸福、快乐、没有伤害
这伟大的秩序什么时候被肆意破坏、踩躏
真像生命一去不返

如果人类，人类真的能够学习野地里的植物
守住贞操、道德和为人的品格，即便是守住
一生的孤独，犹如植物
在寂寞地生长、开花、舞蹈于风雨中
当它死去，也不离开它的根本
它的果实却被酿成美酒，得到很好的储存
它的芳香飘到了千里之外，永不散去
停留在一切美的中心

1997.4.16 圣地居

我永不知我会是独自一人

如果到三十四岁对我无比重要
时间对我来说真的有了领悟
我应该说：生命快要逝去一半，我无知而生存
我盲目地有知而生存得如此热烈
为虚无写下颂辞，为真实而斗争
即使痛苦也得用半生来眷恋
它的回报同快乐平分回忆而持续
人祖啊，你的真形因欺骗而活显
你不显露真形，是不是更大的欺骗
请让我暂且在接近山峰的时刻
对自己提出疑问：我攀着绳子向上
不断地感到快要滑向深渊，我把握着的
是什么？不能怀疑的真
它趁此偷走我大量的黄金
这些我赖以活着的闪耀的东西
它们再不能在以往闪耀的地方闪耀
我永不知到达山峰还能继续上升
我永不知那山峰为什么使我前往
我永不知我会疲倦而去，像那巨石滚下

我永不知我会是独自一人

1997.6.24 圣地居

致尼娜

我的生活从来没有秘密。在我的生命里
如果只有自信而没有忏悔,那就请去掉
我的生命,啊最重要的,去掉我的快乐
但我确实不知,一颗旅途的星
该要进入它自己的丛林,隐埋它的脸
看看他吧,他不再孤独,他只有怀想
他从他的家乡来,而玫瑰
从你那里来,像我生前就知道的事物
现在却不会比以前知道的更多
曾经在这里闪耀的,令我欢欣的一切
已将我的飞翔熄灭,它的芬芳
却停在我熟悉的每一个角落,和我栖落的高枝
爱啊,你知道他曾在他的家乡消失
如今玫瑰从他的手心消失,他竟不知道
他在接受来自他自己的惩罚
他曾是多么的幸福——快要结束了
而大家都说:他已死在了虚无的路上

1997.11.17 圣地居

凝固

我有过过去,不需要未来
但我又在面对重新开始。这意味着
把自己再投入水泥、水、砾石
和沙子的搅拌机里
是的,会凝固的
而我多么希望是她攫走我的灵魂
是我的灵魂在她那里凝固

1997.11.25 圣地居

硬币

对于诗歌,这是一个流氓的时代
对于心灵,这是一个流氓的时代
对于诗人,这个时代多么有力
它是一把刀子在空中飞舞、旋转,并不落下
它是一匹野马,跑过沙漠、草原
然后停在坚硬的家。喧哗
又成叹嘘
这个时代使诗人关在蜗牛壳里乱窜
或爬在树上自残
这个时代需要一秒钟的爱把硬币打开

1998.4 世宾寓所

杜若之歌

我说那洲子。我应该去往那里
那里四面环水
那里已被人们忘记
那里有一株花草芬芳四溢

我说那洲子。我当立即前往
不带船只和金币
那里一尘不染
那里有一株花草在哭泣

我说那洲子。我已闻到甜美的气息
我知道是她在那里把我呼唤
去那里歌唱
或在那里安息

1998.4 世宾寓所

流传

作为谬误,他正在死亡
骨头在火中被取出
焦炭和古树飘着灵的气味
野兔是你们闻到的最初的气味
它背弃月亮,它的白色
对森林与河流怀有敬意
它在黑暗中的自由
将使你们自己背弃
你们还将在一个时代的终点看见逝去
它是暗淡的,在草丛中游走
预见你们的墓穴

1998初夏伊甸家中

上帝遗下的种子

我没有见过真正的果实
收获的人们总是收割半生半熟的秋

大海还未显露她的颜色
她把深藏的苦水叫快乐
船帆停在对岸的港口

可是秋天啊,她要静静地坐下
上帝遗下的种子
上帝会不会把它带走

2001.10 益阳

第二辑 看见里面的光

灰烬是幸福的

光阴在这里停顿,希望是静止的
和昔日的阳光停在窗台
假使你们感到愉悦而不能说出
就应该停下,感到十分的累
也应该停下来
我们的每一天都是我们的最后一天
灰烬是幸福的,如那宽阔而深远的乡村
野草的睡眠因恬谧而无比满足
即使那顶尖的梦泄露
我们的欢快与战栗,使我们跌入
不朽的黑暗,犹如大海的尽头
人们永远追赶却始终还未君临
人们跟前的灯火
我们将在黑暗中归于它

2002 改于牛塘

信任

你们在日夜赶赴的地方,违背你们思念的根本
使你们莫名其妙地感动,它究竟是一个怎样的家园
是墓穴,还是乐园

你们在那里得到的养育:离开它,然后回来
光宗耀祖,这似乎符合大多数理想而又幼稚的青年
与他们那时的情感、思想,相去不远

他们会说:他对他的祖国充满了信任
或干脆没有办法去信任,便选择了交友、出游
读书和沉迷技艺

他们会在异乡的山水里逗留,在交友中倾斜
他们也会不知不觉虚掷年华,燃烧在酒精中
当寒冷的月光来自亲人的油灯下

当远方的田园吹来青色的风和记忆,他们会说
"风呵,吐出你的一堆堆叶子吧
我是无赖汉,像你一样",何其相似的一幕

即使远在俄罗斯，戴黑色礼帽的青年也会来到
你们中间，也会和你们一样投身归途
追星赶月地前进，又莫名其妙地从那里离开

这个使你们日夜梦见，又莫名其妙地逃离的家园
黄金的秋风，正用它的刷子
擦去它们各自耀眼的颜色

2002改于牛塘

木马

一匹好的木马需要一个好的匠人小心细细地雕呀
一匹好的木马不比奔跑的马在草原把它的雄姿展现
但一匹好的木马曾经是狂奔天空的树木
它的奔跑同时也不断地朝着地心远去
它是真正击痛天空和大地的马
它的蹄音与嘶鸣是神的耳朵
但是神害怕了，神因为抓不住木马的尾巴而彻底暴怒
它在我们面前不得不揭去遮掩他的绿树叶
神的失望在匠人的眼睛里停滞下来
木马击痛天空和大地的过程如树叶已经散落
木马在匠人的手中停顿下来

2002.4.23 广州

寓言

他们看见黄昏在收拢翅羽
他们也看见自己坠入黑洞
仿佛脚步停在了脸上
他们看见万物在沉没
他们看见呼救的辉煌闪过沉默无言的万物
他们仿佛长久地坐在废墟上

一切都在过去,要在寓言中消亡
但蓝宝石梦幻的街道和市井小巷
还有人在躲闪,他们好像对黑夜充满恐惧
又像是敬畏白昼的来临

2002.5-6 牛塘

王冠

把金子打成王冠戴在蚂蚁的头上
事情会怎么样。如果那只王冠
用红糖做成,蚂蚁会怎么样

蚂蚁是完美的
蚂蚁有一个大脑袋有过多的智慧
它们一生都这样奔波,穿梭往返
忙碌着它们细小的事业
即便是空手而归也一声不吭,马不停蹄

应该为它们加冕
为具有人类的真诚和勤劳,为蚂蚁加冕
为蚂蚁有忙不完的事业和默默的骄傲
请大地为它们戴上精致的王冠

2002.5-6 牛塘

黑色

我从未遇见过神秘的事物
我从未遇见奇异的光,照耀我
或在我身上发出。我从未遇见过神
我从未因此而忧伤

可能我是一片真正的黑暗
神也恐惧,从不看我
凝成黑色的一团。在我和光明之间
神在奔跑,模糊一片

2002.5–6 牛塘

那里是一滴水

他们要去的地方是他们最熟悉的地方
他们来到这里和他们一生下来,至今所经过的
都是他们的停顿和休息之地
他们生来就是出发
他们把树木、村庄和动物与人群的面孔
视作他们辨认的标记。他们不曾在事物上逗留
时间是大象的鼻子,被他们牵着,并听他们使唤
他们称出发为回去
他们称停顿和休息,是让他们
获得更多的树荫和满足在沙漠上的氧气
和干粮,以及回忆和对神的忘却
没有一根树枝和叶片能阻止他们看见更远
从自己的心灵和肉体认识,飞翔是没有停息的
如果神对此发出窃笑,像孤独把尾巴暴露
而他们是一群从草原出发的马,扬起尘埃
又把尘埃甩在后面(尘埃的疼痛是历史的疼痛)
他们要去的地方像他们的心一样熟悉
那里没有光芒四射的殿宇
那里是一滴水,蔑视神灵和光阴

2002.5-6 牛塘

树叶曾经在高处

密不透风的城堡里闪动的光的碎片
并非为落叶而哀伤
它闪耀，照亮着叶子的归去
一个季节的迟到并未带来钟声的晚点
笨拙而木讷的拉动钟绳的动作
也不能挽留树叶的掉落。你见证了死亡
或你已经看见所有生命归去的踪迹
它是距离或速度的消逝，是钟声
敲钟的拉绳和手的消逝。大地并非沉睡
眼睛已经睁开，它伸长了耳朵
躁动并在喧哗的生命，不要继续让自己迷失
大地将把一切呼唤回来
尘土和光荣都会回到自己的位置
你也将回来，就像树叶曾经在高处
现在回到了地上

2002.5-6 牛塘

看见里面的光

在黑暗中你也能够看到,而在你的怀里
她才能把光明和火焰看得真切
牵牛花在大地上奔跑,玫瑰的燃烧
要无视黑夜的黑,歌唱和舞蹈
风的战栗已使你洞悉了野草的天真和不幸
正是她在幸福之中看见的不幸
正是她在回头时遇见的你的脸
正是她看见你在燃烧的群峰间急速隐去
当翅膀对土地有了怀疑
或是土地对翅膀有了怀疑
她真的甘心爱上,深深地爱上
一个人的才华和他同样显明的缺点
大海的疯狂还要继续推进
它要在岸上抓住它的立足之地,它要寻找
它要回到一滴水的中心
大海的疯狂是一滴水的疯狂,它要把匣子打开
看见里面的光,又看见外面的光

2002.5-6 牛塘

给这个时代

从未静息的战火,在热带温暖的海洋中
长尾鲨鱼挥舞着镰刀收割海水的谷物
这些动物世界的智者,就像你们紧紧地抱在一起
从三个方向把猎物赶到一个适合消灭的战场
它们比身体还长的尾巴甩打着海水,惊吓着
凤尾鱼、鲭鱼和鱿鱼,并使它们就范在围剿之中
你们从它们的身上看到自己的影子是如何疯狂
大海和新鲜的食物充实着你们的肠胃和满足
战争于你们远远不会停息,哪怕是石头上的水藻
你们也得用尖利的舌齿把它们刮食干净
当海上和天空中漂满白森森的尸骸
你们的嗅觉还会嗅到死亡的气味

2002.5-6 牛塘

卑微

我沉醉在他们的帮助之中,同时我也沉默
面对他们的倔强,来自破土的植物
我沉默,是因为他们的芬芳已使我深深迷醉
是因为他们悯怜我单身一人,没有河流赐予的女儿
我沉醉于他们的智慧把我引到一个更加宽阔的世界
那里有参天的树木和纯洁的鸟群,那里金色的屋宇
闪耀着黑暗的光明,那里王与臣民平等而友好
那里的道路向上,平坦而惊奇,犹如下坡一样轻松
我见到他们的灵魂,仿佛微风中芙蓉从水里出来
他们与大海融为一体,他们唱着同一种嗓音
他们是同一个人,他们在世间生活过
他们仍然抱着尘烟,在不断上升
他们是我看见的所有的人,没有恐惧
走近陷阱像走近自己,照见自己,也把自己唤醒
他们让卑微显现伟大,像草木一样生息,繁荣
当死亡吹出时光的老脸,裹着黑色的披风出现
在他们面前,他们没有惊慌,微笑着迎接了它

2002.5-6 牛塘

世界上只有一个

什么是新的思想,什么是旧的
当你把这些,带到农民兄弟的餐桌上
他们会怎样说。如果是干旱
它应当是及时的雨水和甘露
如果是水灾,它应当是
一部更加迅速而有力的排水的机器
所有的历史,都游泳在修辞中
所有的人,都是他们自己的人
诗人呵,世界上只有一个

2002.5-6 牛塘

在大海里放下我们的心

我爱过的人和我恨过的人,他们离开我
现在又回到我身边。我的身边聚集着
更多的我触摸过的事物,和我想要触摸的
以及我还未知的一切,就像我在少年时代
面对一条四月的河流曾有过的自信
也许我还愿继续犯下那可爱的错误
当我再回到岸边致意乘风远航的朋友
向他们述说我曾有过的经历并给予我的祝福
我将不再需要弄清我的未来
他们对自己所企盼的,与我所企盼的何其一致
在河水里洗净我们的肉体
在大海里放下我们的心

2002.5-6 牛塘

金子在沙漠中

来吧,永远地包孕蓝色之光的潮汐
阳光已经没顶,带着你的完整的阴影
击碎它们

由于金子在沙漠之中,锣鼓的兽皮
和美人的笑容又被沙子覆埋,牛角还在吹响
由于陷于沼泽的骆驼已逃出险境

秘密地从草根出发,贯穿叶茎的河流
现在已经获得想获得的一切,统治着自己
并呼吸着自己的芬芳,风低下了头

来吧,由于一个人还不能看清另一个人
由于他自己还不能把自己看清,玫瑰
退到湿润的墙角,繁殖着自己的刺和毒汁

2002.5-6 牛塘

黎明

在黎明
没有风吹进笑脸的房间,诗歌
还徘徊的山巅,因恋爱而相忘的丁香花窥视
正在插进西服口袋的玫瑰
早晨的窗户已经打开,翅膀重又回来
蜜蜂在堆集的石子上凝视庭院的一角
水池里的鱼把最早的空气呼吸
水池那样浅,它们的嘴像深渊

2002.5-6 牛塘

空中的梦想

那些在田野里起早摸黑的劳动者他们为什么呢
那些工匠在炭火里炼打刀剑和镣铐为什么呢
那些写诗的诗人们要写一个什么样的世界
那些出水芙蓉为什么还要梳妆打扮为什么呢
那些少妇和成年男子在街头为什么要左顾右盼
那些老人们为什么不出门远游
那些小孩建筑自己的高楼,自己没法住进去呀
群峰已经低头,天空已经低头,河流带走了时光
手隔着手,眼睛看不到眼睛为什么呢
蜘蛛没有翅膀,也没有梯子和脚手架
它却造出了空中的梦想

2002.5-6 牛塘

大海在最低的地方

我靠你越近,也许离他们越远
我想靠你越近,离他们也同样近
你单性的,也是多性的,你生产万物
因你,我有了太多的欲望,我知道我配不上获得
我一丝不挂地来到你面前,无力的肌体
现在已经有力,可以把自己搬动归到你手中
我想他们也在搬动各自的身体
他们在其他各自不同的路上归向你
你的呼吸是通过我的呼吸,通过月桂树
还有他们,我的朋友、陌生人,甚至是我的敌人
通过这些,你撒播了你的威力和雨露
我看到草木郁郁葱葱地生长,各自怀着孕和秘密
河流和高山,以及所有的昆虫和兽类
都怀着孕和秘密,你在万物的心灵施予
我祈祷施予我更多的威力和雨露
我看到星星和你保持默契的距离
太阳与你默契地配合,万物在生产
犹如我和妻子在劳动、在栖歇、在生产
我知道这些都是你所愿望的,风将一切都会抹平
又会重现,河流会将一切带远

又会重来。大海始终在最低的地方
大海会最先获得你的心

2002.5-6 牛塘

时间忘记了它手中的绳子

那一刻来临,时间在我的周围静止
我的心回到了它自己的祖国,它无限宽阔
思绪由此远去,自由而宁静
流连所有的事物,但并不思想它们
那一刻我不会像往常,处在喧闹的人群
去深入他们和他们的事物中探求
我已失去重量,轻松而任意飞翔
在有些事物上,我会停下来
仿佛风从上面拂过,有时又会悄悄返回

那一刻来临,我已经把我的肉体放在了一边
没有痛,没有感受,世界通体透明
我随意进去,又随意出来,像从未来过
我的朋友,我的亲人,陌生人,甚至伤害我
和被我伤害的人,以及动物和植物,所有奔走
繁忙和吵闹,在我前头闪过,从不打扰
我也不觉得肉体的颤动和心跳。那一刻
所有的一切都孤立,相互连接却并不纠错
时间已忘记了它手中的绳子
鱼儿在永远的水中

我在空中

2002.5-6 牛塘

他们在黑暗中行进

他们在黑夜中行进
有如蚂蚁的王领着
拖着一支弯曲的长队。但谁见过
蚂蚁在黑夜里行动
谁见过蚂蚁在黑夜中干些什么
它们会扑向大海吗?但是他们来了
火把将黑夜撕开,分出光明
和浓烟,浓烟如另一队蚂蚁
在火焰上逃去。蚂蚁为什么
不像飞蛾,扑向火焰
黑夜不能说话
黑夜不能像白昼一样把栅栏拆去
大雨到来之前,他们还见过
闪电的逃跑

2002.5—6 牛塘

黑暗中的一群

这些远离光明的家伙
躲在深海的淤泥中
探出一个头,搜寻着水中的食物
它们长着腥腻的鼻子,追逐腐尸与垂死
动物的舞蹈。这些只长着一齿牙的怪兽
用它们的独牙在动物身上钻出一个
它们钻得进的洞,它们要深入尸体
首先吃掉龌龊的肠肚,再去吞食其余的部分
这些乘虚而入的打劫者
沉溺于发出腐臭或呻吟垂死的动物
一直在黑暗中进行它们的勾当,当它们满足
又逃入黑暗中

2002.5-6 牛塘

上帝在黑夜的林中

我见过秋天
秋天像河流
我见过棺木,棺木装着我
漂在河流的上面

我在秋天里出生
打开眼睛就看见笑脸,而我哭着
还会要在秋天把眼睛闭上

上帝一直在我左右
它召唤我,好像它也在躲避
从不跟我讨论我错误的一生
也不愿把我的灵魂放在合适的地方

当我最后离去
我只在秋天的怀里待过一个白昼
上帝却在黑夜的林中,我看不见

2002.5-6 牛塘

致夏可君

我们已经看见了村庄。我们三个人
从三个不同的方向翻过一座山,冒着雪
又从另一面结冰的下坡往下爬
我们三个人,我们是两个铁杆兄弟
她还没有出现,但我们早已想象她出现
白色的、黄色的、红色的玫瑰花还没有出现
但我们已经把玫瑰树带走。火红的罂粟花还没有出现
我们却已经带走罂粟籽和它的土壤,它的朝露
歌德的永恒女性快要从水边升起
但丁和他的贝德丽采已从地狱的门口把脚步移开
现在天鹅已经飞起来,它飞向一个王国
这一切我们都同时看到。我们三个人,我们两个
是铁杆兄弟,我们想象地把她保护
使尽了力,还是滑了下去,滚到了山脚
我们触摸着淌血的伤口,她没有被划破
没有破烂,没有像我们一样,变得古怪
如同相互厮斗而倒在地上的野兽。她如同空气
在我们的上面,抚慰着我们,使我们的疼痛顿消
但我们同时看见了村庄。慢慢地
修整我们破损的身体,让我们有一副好形容

把惊喜和痛苦压住,把伸出头的兔子
把它的急于往外跳的脚重新塞进口袋,把兔子
压到口袋里。这是我们的村庄。我们已经看见
一条小路把它引向秘密的森林,大雪封锁着
通往村庄的喉咙,但是小路
显明可见,一条白练,两旁是顶着大雪的灌木
它摇晃着,向深处逶迤,仿佛一条醉酒的蛇
我们三个人同时看见,一匹狐狸拖着红色的尾巴
从灌木丛的一边跃到另一边,跃过了蛇的身体

2002.5-6 牛塘

灵魂

在我眼前经常晃动的白骨和骷髅
蓝色和暗黄地闪烁我儿时的快乐
推土机，红色的推土机吐出浓黑烟雾
青色的坟茔和它们安详的梦被推到了沟里
现在看到的是一片棕褐的土地平整而新鲜
现在看到棕褐的土地上，暴露出朽烂的棺木
和衣服，白色的枯骨仿佛在惨叫，在哀吟
现在看到一片生产的热潮仿佛推土机使劲冒烟
孩子们不懂这些，孩子们在玩耍
踢着石子一样踢着零散的骨头
他们也冒着烟，没有看见灵魂
白骨飞起来，白森森地飞越我的童年
落在我的骨头里——咔嚓咔嚓地响着
被另外的孩子飞脚踢起
咔嚓咔嚓地响着，他们也没有看见灵魂
也许等一会，他们就会看见
现在我已经看到我的母亲，有一天死了
被埋葬，也被红色推土机推出地面
（呵，母亲，已不复齐整的模样）
尸骨已朽，暴露在孩子们的脚下

也被他们踢起，她的头颅飞起来
像一个飞着无法进网的足球，被传递
激烈而晕旋，在我的脑子里不断哆嗦和颤抖
母亲在呻吟，滑入煎熬的河流
她再不能安息，她再不能

2002.5-6 牛塘

看上去多么愉快

在电影和书本里看到的战争
已成为我的历史,仿佛我亲自参加
我的战友有的死于冲锋时的战火
有的被乱枪杀死,有的凯旋归来
死于美酒和鲜花,有人遭忌妒而被装进
伙伴的笼子。但是他们为什么
战斗,为什么冲锋,如果他们明白这些
如果他们死后才知道是如何糊涂地死去
而电影和书本还在继续,我想我仍然
会沉浸在战斗与硝烟之中
在刀剑和子弹的网里,如果我侥幸而获得荣光
是否能从伙伴的笼子里无声无息地逃出
站在另一个山头,宣布停止所有的战争
看上去多么愉快,整个世界一点火药味都没有
像一个和平的村庄,他们做他们该做的事情
什么事情是他们不该做的,在这个时代
只有你还说得出来

2002.5-6 牛塘

真理和蚂蚁

不可言说的真理,说出它
意味着说出了谎言。真理犹如石头
赤裸而沉默,对抗一切外来的力量
如果将它粉碎,它便力量倍增
在此之前,我还未投入神的怀抱
我对蚂蚁的劳动怀有特别的感激
它也不可言说,精确而有力,从不仰视
高大的事物。如果愿意,它随时都可以
在它们的头顶开垦一片自由的天地
如果它爱,它在那里建造爱的宫殿
我曾"请大地为它们戴上精致的王冠"
我也曾因忌妒,而泄露人类的叹息
不可言说的远不止真理和蚂蚁
什么东西把我们拉住,无法挣脱
丢弃我们,也许我们才能把自己丢弃

2002.5-6 牛塘

月亮第一次照耀

甲壳虫呼吸在神秘与发现之中的草地
啄木鸟也表现出极大的欢欣从树洞口探出头来
时代的变迁则悄悄行进在光阴的旅途
大地与河流伸展着无穷无尽的奥秘而饱含激动
他们在深入,在园子里的果树上红了脸

老人的手把你安置在恬静的庄稼地
秋风越过雨水和城市传递劳作与丰收的号子
谁都在指望秋天的降临,如今它降临在你的身上
野兔已经来到鸡群之中,在舔食滴着露水的青草
不朽的轮子在深入,幸福顺着牵牛花爬上了篱笆

当星星的耳语对你说出喜悦,禾苗对你吐露
它内部的热情,石榴花蜷缩的热情在舒展
恋人们从草尖上醒来,他们带回爱的果实
仿佛月亮第一次照耀,你已获得整个田园
早晨的果树呼吸在神秘与发现之中

2002.5-6 牛塘

裸婴的世界

我们要做的事情和他们要做的事情
好像同一个事情,他们的神情
看上去,和我们的也没有显示出异样
这么简单地认识他们而没有任何区别
将是我们的错。海上的暗礁
当海水退下,它暴露恐怖和罪恶
孩童的胸怀和纯真,我们必须坚持
鲨鱼的凶猛啮咬一颗稚爱的心,不仅仅
是阻止和医治,或者干脆把它们置于死地
这同样也没有那么简单。但问题在于
我们创造了一个自己的世界
它因为宽阔而不能受到一粒尘埃的干扰和破坏
它像裸婴神圣的肉体和眼神
因为我们永恒地记住了尚存我们内心的
裸婴的哭和笑,并非他们一样
露出尖利的牙齿

2002.5-6 牛塘

还没有安息

你还在树上,在草叶
在小溪流,在鱼的口里,或者还在青苔里
你还要走遥远的路
你还没有安息,归入你的臂弯
你不能修改树上的叶子
任何树上的叶子,都完备而精致
你可以把气体从空气中分类出来
但你不能把叶子从树上分离

2002.5-6 牛塘

一切都在结晶

很多东西都已不见
你从不惊讶这些东西的到来
在田野里你想着自己努力的弯曲
在渠水里你看见月亮，正灌溉田野
它是丰收的脸，仿佛你在黑夜里
摸到的你妻子的脸，你为她
老去而爱护着
过去的幼稚和忧伤。但是现在
你比过去更加热烈，暗暗地疯狂
犹如庄稼在夜的岸边茁壮地显身
青春远在你的内心吹拂
在你的秋天，一切都在结晶
葡萄叶发红，和成熟的葡萄一样

2002.5-6 牛塘

死亡的犄角

一个人的欲望有多大,他自己看不见
一个人的心上居住着看不见的魔
有时候它是一只慈爱的手,抚爱你的翅翼
但它变成一个凶相毕露的老头会在暗处呻吟

谁都要拖住死亡进攻的犄角
童年的阳光就像童年
童年的阴影是太阳照不到的地方,它潮湿
它藏在贴身的口袋里发出霉腐气息,它随着童年
逐渐成长,长大后可能是一片没顶的海

童年的阳光要晒到童年的每一个角落
童年的手指要揭开每一片屋顶的瓦,每一片树叶
童年是大地赐予的金钥匙,它打开天堂的门户
它照得见地狱,但它从不畏惧地狱

一个人的欲望究竟有多大,上帝打破的杯子
它的缺口有多大,什么时候上帝把脸庞露出
什么时候上帝便难逃死亡的犄角

2002.5-6 牛塘

一片小树叶

天堂有的,地狱也有
地狱有的,天堂早已发生
所有的事物都不过是一对同胞兄弟
一前一后,有时也会从一根肠子里同时到来

我曾怀念地狱的人,后来在天堂
听到他的声音,他说,终于过去
我也曾怀念天堂的人,遇见他
却在地狱,他回答,终于过去

我怀念的就是你,分身两处的兄弟
无论在哪里深睡和清醒,都一样疲倦
可疲倦本是没有的,犹如真理
真理是没有的,我们一开口,就在狡辩
并继续在狡辩中将自己的耳光抽打

一个疲倦的人分身两处,犹疑,闪烁
在并不存在的天堂和地狱之间
正如我的心分身两处地怀念你
它燃烧过,却不曾留下灰烬和气体

然而它却在笼罩世界，它在笼罩中
盗取自己所欲望的一切，哪怕是牺牲
也终是在盗取。虚设它的智慧
也并未在头顶闪现，它在忏悔
它要在人间长出它的一片小树叶

2007.8.10 九雨楼

在一枚硬币前停下

一个快要废弃的脑袋
又在运转,又在加速进入
他自己创造的黑夜中的步伐

他钟情于没有光线穿透这永无穷尽的小巷
这条逼真的小巷
在他加速的运转中却有了尽头
他在一枚硬币前停下

一个没有视力的人,在小巷途中
发现了金属的眼睛,他弯下腰
俯身金属击中饥寒交迫的瓦片发出的声音
一个没有听力的人
在无边无际中伸出了手

这个又聋又盲的家伙,带着微笑
在黑夜的缝隙里捉拿逃逸的昆虫
它死有余辜,它逃不了啦
因为它长着金属的面庞
无论黑夜多么黑,它多么小

只要它现身,即使只把半边耳朵露出
他也能及时将它揪住

这个快要废弃的身体
被金属煎熬,终于回到烟火的屋檐
仿佛飞鸟倾巢出动
盘旋在故乡的上空。看见了吧
他并非年迈,创造黑夜,鼓足飞翔的力气
从此写下轻于鸿毛的诗篇

2007.8.11 九雨楼

歉意是永远的

这个身经百战的时代要求
向一个伤心的父亲致敬
向一个穷其一生努力,如今身骨已老朽
竟生产一个不肖的儿子的父亲表达应有的问慰

歉意是永远的
犹豫在乳房的草地滚打
获得无敌的经验的父亲曾获得过生产的奖赏
但一个伤心父亲的歉意不能怀疑
半死不活地生下一个儿叫地主
半死不活地生下一个儿叫打手
半死不活地生下一个儿在狂吠

可这个半死不活的父亲的礼敬又怎能怀疑
他在身经百战地恋爱
在雪地里生下雪莲
在黑地里生下黑莲
在丢魂落魄时结出疗疮的果实

广阔出租的土地上曾丰收大米和土豆

却喂不饱摧城的幽灵和呕吐的肠胃
狂吠是必要的
大打出手是必要的
做一个地主是儿子毕生的疾病
由于丰盛的仓库已成为干瘪的乳房
由于半死不活的植物曾在那里深情地疯长

当宽恕走上罪恶的路，恐龙便已绝迹
毛毛虫又爬在了大象的背上
它在吐丝，在缠绕，它要做一个雏儿
把大便拉在父亲的头上
尤其对一个身经百战的人
宽恕爱情更是伤心欲绝的罪恶

2007.9.1 九雨楼

它们在一根一根拔我的羽毛

不要怪它们,是我自己惹怒了我自己
是我的欲望过于多而强烈,对世上的许多东西向往
却与它们产生了越来越离谱的距离
没有人来惹怒我,也没有人打败我
是我自己把身体拖进了灵魂不耻的深潭
是我的灵魂要脱离我的肉体而导致了自我的战争

没有一天我不诅咒我的肉体,这粗野的肉体
没有一天我不诅咒我的灵魂,这疯狂的灵魂
它们使我沉默
使爱我的人还在深深爱着仇恨
它们使我一直反对正确的看法,坚持古怪和偏激
它们使我后退,退到山谷和山顶,与众人分离
因为它们,我抓住了真理

我凝视这不耻的孤独,恶魔,这铅一般的阴影
它吞噬我,威逼我,但它们并不剪掉我的翅膀
它们却在一根一根地拔我的羽毛
它们却在我的眼睛里一粒一粒地放进沙子
是因为我会飞

是因为我还看得见世间的未来吗
夜啊,你也无力卸下我的翅膀
让我在你全黑的怀里沉下
为什么不飞
为什么不能看见众人所不能看见的

2007.8.31改于九雨楼

开拓草原的辽阔

蛆虫已爬满伤口,它们吹出了进军的号角
它们大喊,伟大的肉体啊,再宽阔些,再宽阔些
只有你无边的伤口才能使我们活得肥硕
一夜之间小小的医院拥挤着伤口、哭闹和呼救
请护士小姐和主治大夫涡旋进入手术室
即刻的手术是一场呼天抢地的手术
把各种手术刀、各种镊子、钳子突击准备
但无须准备缝合伤口的针线、消炎药、麻药
请伤口在手术台上做好一切心理的配合
请灯光熄灭,请门片窗户自己关上
这场呼天抢地的手术要在绝对的黑暗中进行
如果来不及戴上面纱,请医生护士把眼睛眯上
除此之外你们还要憋住气,在这一口气里
你们将摸索并练就出黑暗中超凡的手艺
你们将捧着大红花和现代网络制作的奖章迎接光明
但你们务必改名换姓,无论何时都不能暴露身份
无论何时也要严守这场手术的秘密
即使露出了尾巴,也要死死咬定
像电影里所有英勇就义的英雄
你们要坚信真理,没有人能找到黑暗中的证据

黑暗始终在帮助你们卓越地行动
最后的手术请把停尸间准备
来不及就把手术室的牌子换下
或者直接将尸体运往闻不到人间烟火的荒山野外
直升机早已停在了接应你们的窗口
干吧，勇士们，放手干
蛆虫在黑暗的角落等待你们开拓草原的辽阔

2007.9.4 九雨楼

请别放在心上

感谢那个躲在朋友密林中的家伙
他教给我怎么宽阔
他教我连脑袋也锁进裤裆
只射出冷箭和偷笑

如果锋利的箭头射中了你的胸脯
请别在意流血，你吃过注水的猪肉
潲水油，以及苏丹红的鸭蛋
血液的初衷早已有了改变

如果你痛，只因为麻木已经习惯
请不必在意，没有人知道你痛在哪里
更没有人帮你痛过，忍一忍吧
忍一忍，很快又会麻木

侵扰你的蟑螂和老鼠神出鬼没
也请不必在意，你若追赶
并将它们扑灭，除非你分身万千
钻进它们那潮湿而阴暗的洞穴

恶梦醒来我终于懂得宽阔的含义
首先要找到狭窄之地,是的,就是那地方
死死捂紧,让它湿疹、化脓、生蛆
一切请别放在心上,宽阔将于腐烂中来临

2007.9.5 九雨楼

不为人知的生命

残疾者永远长不出应有的器官
是寄生虫时代的明显特征
他们由失语而狂放,由无处不在而成为缺席者
他们靠口水存活,把赞歌唱到细胞萌动的深处
后来又唱到了法庭波澜壮阔的座席,即使如此
在座无虚席的法庭,他们仍然被挤到缺席的行列
他们在缺席中等待死刑或终身流放的判决
不为人知的生命已经混进血管和心脏
像种子埋在土里悄悄发芽,但没有人否认
他们可能更像埋在土里的地雷到时便悄悄开花
永远没有终结的审判,这就是我们的时代
被他们所歌唱,并非要在歌唱中消亡

2007.9.15 九雨楼

上帝从不光顾我们的晚餐

龇牙咧嘴的不是上帝
装腔作势的不是上帝
露出了脸孔和尾巴的影子不是上帝
我们还没有拥抱,还没有笑过
虽到处欢娱,并饮酒作乐
啊戴着面具招摇过市的不是上帝

一间茅屋要几千年才能变成瓦房
建筑从未中止,但拖延也从未中止
误工和偷工减料、烧毁、坍塌也从未中止
从未中止的还有兵荒马乱和勾心斗角
啊在刀光剑影中坐地分赃的不是上帝

那么谁在建筑,谁在居住
有人见过上帝的家眷、妻小、马车和财富
有人见过摇身一变的上帝泪流满面
但居住在高楼大院的不是上帝

啊谁在拥抱,谁在笑
杀戮将动物的毛皮紧绷在我们的身上

将它们的声带装进我们的喉咙
但在皮毛里唱着相亲相爱的颂歌不是上帝

一颗心却在一夜之间就碎成了粉末
一颗心越来越碎，越来越碎成更多的粉末
它不能回答，它在忙于碎，忙于流血
血还没有流尽，它不能回答
啊上帝，上帝从不光顾我们的晚餐
它一无所有，无血可流，它不能回答

2007.9.15 九雨楼

很快就要走了

海水和浪花就要分离
它们的闪耀将化为乌有,就像以往
虚无的枝头结出奋进的果实
它们很快就被带离枝头
因为那可恶的,秘密暴露者
罂粟已使秘密从体内抽身离去

很快就要走了,不要等到钟声敲响
再说一说世间的颜色,黑的,白的
不,它们从来就不是颜色
最关键的是红,说不尽的红
罂粟也未能说出红的所以
罂粟早已从颜色里抽身离去

如果还来得及将风暴催生
混淆视线和欲望,还来得及
将熄灭停止在半空,使灰烬永不存在
该到你看清大海的时刻了,多么平静
红色的,膨胀或爆炸,你所祈求的
终于到来

2007.9.29 九雨楼

花瓣还在吮吸夜间的露珠

我的手向我哀告:父亲啊,我抓不住它
花瓣从枝头落下,鸟粪随即也落了下来
那只蚂蚁躲进了花心,我抓不住它

现在你可以抓到它了,你先将花瓣
一片一片剥开,把鸟粪也剥开
它很快就会显身,必举手向你缴械

你这是什么指令呢,父亲,你的指令
让我浑身颤抖,我只能将鸟粪轻轻剥去
可花瓣还在吮吸夜间的露珠
对它们,我没法下手

它们从枝头不辞而别,本该得到应有的惩罚
它们又已经凋败,再多的露水滋养也是白费
而蚂蚁,丝毫也不会因此把它们放过
且正在啃噬它们的心

父亲啊,我已剥去花心上的鸟粪
花心已经露出,可露珠靠近了它
我越来越颤抖、不安,冒出了冷汗

好像还听见有声音在我头顶呼喊

那是风吹动了花枝,是它们在摇摆
不要担心,不要管露珠和花瓣
看见蚂蚁了吗,它有六只脚
拖住一只,就能把它全身揪住

可是,父亲啊,刚才又有花瓣落下
又一只蚂蚁躲进了花心
它们还能逃往哪里,虽可在花心偷度余生
但花瓣的末日,行将枯烂

风声变得凶猛、怒号,花瓣纷纷落下
我的手不再哀告,垂了下来
如果你不能收回你的指令,我也无法行动
那么,父亲啊,我为什么一定要将蚂蚁抓住

2007.9.30 九雨楼

土地

挖掘，覆平，灌满水，又流失
一块土地需要多少翻耕
长满庄稼和果子，养育多少生命
多少事物也在这里被埋葬
罪人的罪，忠骨的忠
以及多少战争与和平

或深，或浅，前进，或者后退
一块土地要被多少脚印踩过
拐过多少弯，仿佛看见模糊的身影
多少逃跑和狩猎又在昏天暗地里行动
询问总是方向，徘徊总是目的
却不知怒吼和哀鸣已安息

烧毁，坍塌，又大兴土木，卷土重来
一块土地还需要多少反复的建筑
居住不安的灵魂
一边死而复生，一边死灰复燃
又都将自己投入火坑
看得见烈火，看不见永生

飞沙上天，走石入海
一块土地它有多重，多轻
天下汪洋，水天一色
如果复于平静，那又是什么在喧腾

            2008.3.20 九雨楼

第三辑　他却独来独往

倘若它一心发光

一具黑棺材被八个人抬在路口
八双大手挪开棺盖
八双眼睛紧紧盯着快要落气的喉咙
我快要死了。一边死我一边说话
路口朝三个方向，我选择死亡
其余的通向河流和森林
我曾如此眷恋，可从未抵达
来到路口，我只依恋棺材和八双大脚
它们将替我把余生的路途走完
我快要死了，一边死我一边说话
有一个东西我仍然深信
它从不围绕任何星体转来转去
倘若它一心发光
死后我又如何怀疑
一个失去声带的人会停止歌唱

2008.6.30 九雨楼

它熬到这一天已经老了

死里逃生的人去了西边

他们去了你的园子

他们将火烧到那里

有人从火里看到了玫瑰

有人捂紧了伤口

可你躲不住了,阿斯加

死里逃生的人你都不认识

原来他们十分惊慌,后来结队而行

从呼喊中静谧下来

他们已在你的园子里安营扎寨

月亮很快就会坠毁

它熬到这一天已经老了

它不再明亮,不再把你寻找

可你躲不住了,阿斯加

2008.7.1 九雨楼

宣读你内心那最后一页

该降临的会如期到来
花朵充分开放,种子落泥生根
多少颜色,都陶醉其中。你不必退缩
你追逐过,和我阿斯加同样的青春

写在纸上的,必从心里流出
放在心上的,请在睡眠时取下
一个人的一生将在他人那里重现
你呀,和我阿斯加走进了同一片树林

趁河边的树叶还没有闪亮
洪水还没有袭击我阿斯加的村庄
宣读你内心那最后一页
失败者举起酒杯,和胜利的喜悦一样

2008.7.2 九雨楼

倘使你继续迟疑

你把脸深埋在脚窝里
楼塔会在你低头的时刻消失
果子会自行落下,腐烂在泥土中
一旦死去的人,翻身站起,又从墓地里回来
赶往秋天的路,你将无法前往
时间也不再成为你的兄弟,倘使你继续迟疑

2008.7.3九雨楼

那日子一天天溜走

我曾在废墟的棚架下昏睡
野草从我脚底冒出,一个劲地疯长
它们歪着身体,很快就掩没了我的膝盖
这一切多么相似,它们不分昼夜,而今又把你追赶
跟你说起这些,并非我有复苏他人的能力,也并非懊悔
只因那日子一天天溜走,经过我心头,好似疾病在蔓延

2008.7.3 九雨楼

把剩下的一半分给他

你可曾见过身后的光荣
那跑在最前面的已回过头来
天使逗留的地方,魔鬼也曾驻足
带上你的朋友一起走吧,阿斯加
和他同步,不落下一粒尘埃

天边的晚霞依然绚丽,虽万千变幻
仍回映你早晨出发的地方
你一路享饮,那里的牛奶和佳酿
把剩下的一半分给他,阿斯加
和他同醉,不要另外收藏

2008.7.4 九雨楼

哪怕不再醒来

这里多美妙。或许他们根本就不这么认为
或许不久,你也会自己从这里离开
不要带他们到这里来,也不要指引
蚂蚁常常被迫迁徙,但仍归于洞穴

我已疲倦。你会这样说,因为你在创造
劳动并非新鲜,就像血液,循环在你的肌体
它若喧哗,便奔涌在体外
要打盹,就随地倒下,哪怕不再醒来

2008.7.4 九雨楼

进入它们的心脏

老虎你恐惧过,小毛虫你也恐惧
蹲下来仔细瞧,它们都精美绝伦
野草在你脚下死而复生,石头粉碎依然坚硬
一只再小的鸟,也能飞到雄鹰的高处
再将美妙的歌从云朵里传下来
近处和远处,无论大小,你静静谛听
每一个生命都在发出低沉而壮丽的声音
它们从没停止把你呼唤,阿斯加
进入它们的心脏还有多远的路程

2008.7.8 九雨楼

未见壮士归故乡

跟我去刚刚安静下来的沙场
看看那里的百合,已染上血浆
那里遗物遍地,都曾携带在青年的身上
他们清晨向亲人告别
黄昏便身首分离
你想拾到一枚勋章,就在尸体下翻找
一堆堆白骨,将焕发他们的荣光
可你已老迈,两眼昏花,未见壮士归故乡

2008.7.8 九雨楼

阿斯加的牧场一片安宁

去年栽下的树,眼前就已结果
上辈子的仇账,这辈不能不算清
阿斯加的牧场一片安宁,除了牛羊嬉戏与欢腾
快去那里和他会见,向他请教,重返你们的手足之林

刚才还阳光灿烂,转瞬便乌云压顶
人间的不幸却更加突然,远胜这暴雨凶猛
阿斯加的牧场一片安宁,除了牛羊嬉戏与欢腾
快奔赴他,在他的怀抱将得到安抚,你们那绝望和惊恐

2008.7.8 九雨楼

快随我去问阿斯加

生命毫无意义。圣人如此对我说
可我还没有去死,便知道我为何而来
这里水草肥美食物丰沛,也许适宜我长久居留
但有一群客人似乎更为珍贵,尚需我耐心等待

看我颠来倒去,酿造美酒的行动有些笨拙
像花苞慢慢开启,全然不见手艺如何精湛
待我把筵席一一铺开,将美酒送到你手上
并非酒香的醇浓而令你沉醉,不愿离开

虽然奥秘的结果是你所愿望,但在其中
我只是把各种佐料调好、揉匀,撒在它的面粉上
我快乐地做着这一切,你也欣然接受
还表现出同样的兴奋,高举酒盅和我碰响

趁天色未晚,随我放下活计到院子里转转
看一看,是否有什么东西还要另做打算
当琴弦开始拨响,他们便从不同的路上陆续前来
不至于因我细小的疏忽,留与客人一丝遗憾

其实他们的要求只有一个,有美酒相伴
不枉走一趟人间,无非为倾听一个诗人的歌唱
这桩事情一直放在我心上,但也不难,听一听
听那脚步,他来了,快随我去问阿斯加

2008.7.9九雨楼

不要让这门手艺失传

他们说我偏见,说我离他们太远
我则默默地告诫自己:不做诗人,便去牧场
挤牛奶和写诗歌,本是一对孪生兄弟

更何况,阿斯加已跟我有约在先
他想找到一位好帮手
阿斯加的牧场,不要让这门手艺失传

处于另外的情形我也想过
无论浪花如何跳跃,把胸怀敞开
终不离大海半步,盘坐在自己的山巅

或许我已发出自己的声响,像闪电,虽不复现
但也绝不会考虑,即便让我去做一个国王
正如你所愿,草地上仍有木桶、午睡和阳光

2008.7.13 九雨楼

夏日真的来了

夏日真的来了
孩子们有了新发现,一齐走进了芦苇丛
他们跑着,采摘芦苇
他们追着,抱着芦苇
两支芦苇,择取一支
三支芦苇,择取一支
秋天近了,你差一点在喊
黑夜尚未打扮,新娘就要出发

2008.7.14 九雨楼

一片树叶离去

土地丰厚，自有它的主宰
牲畜有自己的胃，早已降临生活
他是一个不婚的人，生来就已为敌
站在陌生的门前

明天在前进，他依然陌生
摸着的那么遥远，遥远的却在召唤
仿佛晴空垂首，一片树叶离去
也会带走一个囚徒

2008.7.15 九雨楼

喧嚣为何停止

喧嚣为何停止,听不见异样的声音
冬天不来,雪花照样堆积,一层一层
山水无痕,万物寂静
该不是圣者已诞生

2008.7.16 九雨楼

他却独来独往

没有人看见他和谁拥抱,把酒言欢
也不见他发号施令,给你盛大的承诺
待你辽阔,一片欢呼,把各路嘉宾迎接
他却独来独往,总在筵席散尽才大驾光临

2008.7.16 九雨楼

奴隶

果树和河流,流出各自的乳汁
方井和石阶,循环各自的声音

但它们都属于你,阿斯加
雾水已把你的询问和祝福悄悄降下

一条青苔终年没有脚印
一个盲人仍怀朗朗乾坤

还有那顽劣的少年,已步入森林
他剽悍勇猛,却愿落下奴隶的名声

2009.3.30 九雨楼

容身之地

这里还有一本可读的书,你拿去吧
放在容身之地,不必朗读,也不必为它发出声响
葡萄发酵的木架底下,还有一个安静的人
当你在书页中沉睡,他会替你睁开眼睛

2009.3.31 九雨楼

芦笛

我用一种声音,造出了她的形象
在东荡洲,人人都有这个本领
用一种声音,造出他所爱的人
这里芦苇茂密,柳絮飞扬
人人都会削制芦笛,人人都会吹奏
人人的手指,都要留下几道刀伤

2009.3.31 九雨楼

盛放的园子

到了,昨天盛放的园子
因他们而停止的芬芳,不再笼罩
千百种气味已融入其中
千百种姿态尽已消形
你来得太迟,你那千百颗心
再生于肉体与冰川
也无一样烈焰,能敌过凋零

2009.4.2 九雨楼

家园

让我再靠近一些,跻身于他的行列
不知外面有丧失,也有获取;不知眼睛
能把更多的颜色收容

他面朝黄土,不懂颂歌
我如何能接近一粒忙碌的种子,它飘摇于风雨
家园毁灭,它也将死

2009.4.4 九雨楼

异类

今天我会走得更远一些
你们没有去过的地方,叫异域
你们没有言论过的话,叫异议
你们没有采取过的行动,叫异端
我孤身一人,只愿形影相随
叫我异类吧
今天我会走到这田地
并把你们遗弃的,重又拾起

2009.4.4 九雨楼

方法

苦瓜长到三寸的时候,我惊喜地喊
这正是我想象的苦瓜。我曾为它松土,顺藤
蜜蜂还不停地眷顾,雨水也多情地为它洒下
要是一个生命从内部腐烂,这里可找不出方法

2009.4.8 九雨楼

水波

我在岸上坐了一个下午。正要起身
忽然就有些不安。莫非黄昏从芦苇中冒出
受你指使,让我说出此刻的感慨?你不用躲藏
水波还在闪耀,可现在,我已对它无望

2009.4.8 九雨楼

你不能往回走

每一匹马都有一个铃铛,每一个骑手
都有一把马头琴。当火种埋下,人群散尽
你不能往回走,然而在草原扎根
你该察觉,马的嘶鸣千秋各异,且远抵天庭

2009.4.8 九雨楼

有时我止步

我常在深夜穿过一条小路,两边的篱笆
长满灌木和高大的柳树。我不知道是你在尾随
天黑沉沉的,什么也看不到。有时我止步
达三秒钟之久,有时更长,想把你突然抓住

2009.4.8 九雨楼

相信你终会行将就木

为什么我会听到这样的声音
在心心相印的高粱地
不把生米煮成熟饭的人,是可耻的人
在泅渡的海上
放弃稻草和呼救的人,是可耻的人
为什么是你说出,他们与你不共戴天
难道他们相信你终会行将就木
不能拔剑高歌
不能化腐朽为神奇
为什么偏偏是你,奄奄一息,还不松手
把他们搂在枕边

2009.4.17 九雨楼

甩不掉的尾巴

选择一个爱你的人,你也爱她,把她忘记
选择一件失败的事,也有你的成功,把它忘记
选择我吧,你甩不掉的尾巴,此刻为你祝福
也为那过去的,你曾铭心刻骨,并深陷其中

2009.4.17 九雨楼

伤痕

院墙高垒,沟壑纵深
你能唤回羔羊,也能遗忘狼群
浮萍飘零于水上,已索取时间
应当感激万物卷入旋涡,为你缔造了伤痕

2009.4.24 九雨楼

人为何物

远处的阴影再度垂临
要宣判这个死而复活的人
他若视大地为仓库
也必将法则取代
可他仍然冥顽,不在落水中进取
不聚敛岸边的财富
一生逗留,两袖清风
在缝隙中幻想爱情和友谊
不会结在树上
他不知人为何物
诗为何物
不知蚁穴已空大,帝国将倾

2009.4.24 九雨楼

容器

容器噢，你也是容器
把他们笼罩，不放过一切
死去要留下尸体
腐烂要入地为泥
你没有底，没有边
没有具体地爱过，没有光荣
抚摸一张恍惚下坠的脸
但丁千变万化，也未能从你的掌心逃出
他和他们一起，不断地飘忽，往下掉
困在莫名的深渊
我这样比喻你和一个世界
你既已沉默，那谁还会开口
流水无声无浪，满面灰尘
也必从你那里而来

2009.5.12 九雨楼

让他们去天堂修理栅栏

鱼池是危险的,堤坝在分崩离析
小心点,不要喊,不要惊扰
走远,或者过来
修理工喜欢庭院里的生活
让他们去天堂修理栅栏吧
那里,有一根木条的确已断裂

2009.5.13 九雨楼

水泡

在空旷之地,或无人迹的角落
土地和植物悄悄腐熟
你转过身,蘑菇冒出来了
无声无息,却全然不像水泡
当着你的面也会冒出
声响果断,短促而悠远
有时还连续冒出一串
在同一个地方,接着便消失

2009.11.25 改于九雨楼

只需片刻静谧

倘若光荣仍然从创造中获得
认识便是它的前提
倘若仍然创造,他又想认识什么
他已垂老,白发苍苍
宛如秋天过后的田野,出现于他眼中,茫然一片
天空和大地,安慰了四季
劳动和休息,只需片刻静谧

2010.4.4改于九雨楼

诗人死了

词没了,飞了
爱人还在,继续捣着葱蒜,搅着麦粥
你闯入了无语的生活

海没了,飞了
沙子还在,继续它的沉静,卧在渊底
你看见了上面的波澜

可诗人死了,牧场还在
风吹草低,牛羊繁衍
它们可曾把你的律令更改

2010.6.10 九雨楼

四面树木尽毁

你躲得过石头,躲不过鲜花
是歧途还是极端?往昔你多么平静
你的头顶就是苍穹
你的酒馆坐满过路的客人

躲闪能将你白天的足迹改变
驻足也能令你在暗处转身
你看得见五指,但看不见森林
四面树木尽毁,囹圄和沼泽已结为弟兄

2010.7.31 九雨楼

逃亡

给你一粒芝麻,容易被人遗忘
给你一个世界,可以让你逃亡

你拿去的,也许不再发芽
你从此逃亡,也许永无天亮

除非你在世界发芽
除非你在芝麻里逃亡

2010.7.31 九雨楼

一意孤行

还有十天,稻谷就要收割
人们杀虫灭鼠,整修粮仓,而你一意孤行
忘返故里,不做谷粒,也不做忙碌的农人

还有十天,人们将收获疾病
求医问药,四处奔波,而你一意孤行
流连于山水,不做病毒,也不做医生

还有十天,牧场就要迁徙
人们复归欢腾,枯草抬头,而你一意孤行
守着木桩,不让它长叶,也不让它生出根须

2010.8.8 九雨楼

它们不是沙漠上的

庭院里的蔬果,我要给它们浇水
它们不是沙漠上的,我也不是
我要一个星期,或者大半个月离开水
我会对鱼说:你们能否成群结队,跟我游向沙漠

2010.10.10 九雨楼

高居于血液之上

你看见他仍然观望,甚至乞求
面对空无一物,
但已使他的血管流干,那精心描述的宇宙
你称他为:最后一个流离失所的人

他还要将就近的土地抛弃
不在这里收住脚步,忍受饥肠辘辘
把种子在夜里埋下
然后收获,偿还,连同他自己的身体

他还要继续颠沛,伸手,与灵魂同在
高居于血液之上
可你不能告诉我,他还会转身,咳嗽
或家国永无,却匿迹于盛大

2010改于九雨楼

将它们的毒液取走

毒蛇虽然厉害,不妨把它们看作座上的宾客
它们的毒腺,就藏在眼睛后下方的体内
有一根导管会把毒液输送到它们牙齿的基部
要让毒蛇成为你的朋友,就将它们的毒液取走

2010改于九雨楼

别怪他不再眷恋

他已不再谈论艰辛,就像身子随便挪一挪
把在沙漠上的煎熬,视为手边的劳动
将园子打理,埋种,浇水,培苗
又把瓜藤扶到瓜架上

也许他很快就会老去,尽管仍步履如飞
跟你在园子里喝酒,下棋,谈天,一如从前
你想深入其中的含义,转眼你就会看见
别怪他不再眷恋,他已收获,仿若钻石沉眠

2010改于九雨楼

小屋

你仍然在寻找百灵,它在哪里
山雀所到之处,皆能尽情歌唱
你呀,你没有好名声,也要活在世上
还让我紧紧跟随,在蜗居的小屋
将一具烛灯和木偶安放

2010改于九雨楼

今晚月亮不在天上

我匍匐过的地方,现在又绿了。
那些嫩黄的,弓着腰,渐渐地绿了。
岩浆从地下来,身带烈焰,盖过你的期望。

三个黄昏,酒精还未出槽。
我晃了晃,罂粟打盹,鸟儿入林。
童谣不开花,它们在听从谁的召唤?

秋天高了,冷风来了,
我扳扳指头,数着过往的云,有人在烧荒。
谁在密谋?今晚月亮不在天上!

2013.3.29 九雨楼

你把一滴光阴掰成了两半

我一度相信那神奇的液体,出自深山,
或者一条僻静的巷子,经一双老了的手,
慢慢酿制,且要深谙火候,
因为发酵——在一只捂好了的木桶里

而那些流逝得太快的时光,应当留给他们
他们热衷丰收,满足于颗粒归仓
让他们夜以继日,张灯结彩,车水马龙
把你刚刚出锅的酒浆装进坛子,也送到他们手上
相信因为短暂,你把一滴光阴掰成了两半

2013.3.31 九雨楼

祭坛

有人修桥补路,有人伐林烧山。
有人夜里狩猎,有人白天分赃。
他说爱和仇恨,住在同一个祭坛。

前面马不停蹄,后面落满尘埃。
他死于山巅,你溺水而亡。
莫非祭坛,只有一炷香的时间。

2013.4.4 九雨楼

安顿

声音有自己生长的方向,花朵和果实,
也都要遵循自身的意愿。
唯独你,一点一滴围住他,不声不响,
让他习惯挣扎,奔走于刀尖。

然而在你的身上,猫的脚步和虎的长须,
这两个极端的属性,终而统一,
他会跟你醒来?若他翘首以盼,
则把种子安顿,连伤口也遗忘。

2013.4.4 九雨楼

当你把眼睛永久合上

他们在到处寻找高地,要四面开阔,环抱在绿色中,
以备将来在天之灵得到很好的休息,
并能从这里望得更远。

他们在到处寻找石头,要刻得下他们的脚印和身影,
无论生前有多少磕碰、趔趄,
石碑上的字迹也一定要刻得端正,不能有半点歪斜。

我仿佛已看到他们不朽的轮廓,跟你现在相差无几。
但当你把眼睛永久合上,他们是否知道,
你的脸庞朝外,还是侧向里边。

2013.4.6 九雨楼

瞭望

不必试图安慰一个从战场上溃败下来的人。
对于胜利者,也不要把你的鲜花敬献。
一个站在高高的城楼,一个俯身抱着断墙,
他们各自回到营寨,都在瞭望,心系对方。

2013.4.7 九雨楼

他们丢失已久

残渣、碎片和污染了的水,以及不再流动的空气,
你让它们融于一炉,亟待新生,重现昔日的性灵;
你也应该去探访那些还在路口徘徊的人,他们丢失已久,
尚不知,你已把他们废弃的炉膛烧得正旺。

2013.4.8 九雨楼

消除人类精神中的黑暗
——完整性诗歌写作思考
东荡子

诗人世宾在去年提出了对完整性诗歌写作的思考。"完整性"这个概念非常有意义,这也正是我多年来一直想寻找而未寻找得到的一个词。虽然我和世宾在对诗歌境界的思考方面大方向一致,但对于这个词,要赋予它的意义或定义还是有所差别。多年来我一直追寻着诗歌的境界应是什么样子,或一个诗人应至少把诗歌写到一个怎样的层面,虽然我努力的方向让我满意,但要用一个词来概括却很艰难。我考虑到黑暗在人和诗歌中的存在,应是诗歌必要消除的工作,但"消除黑暗"作为一个写作概念还不完整。"完整性"这个词提醒了我,我将"完整性"与"消除黑暗"结合起来,它们正好可以帮助我表达对诗歌写作进行的思考。

诗人们都在寻找诗歌的突破和出路,事实上,诗歌本身根本不存在突破和出路;诗人们一厢情愿地要为诗歌担忧,要去寻找诗歌的突破和出路,是诗人自己为了进入诗歌更高更宽阔的境界,或可能使自己像诗歌一样不朽而需要的思维和行动。诗歌是一种体现人类精神相对完美的形式,这是人类的发现和创造。人类精神要依附在一种理想的形式中体现出来,这种形式必将成为人类的一种宗教,它像上帝和佛的存在一样,令我们感到理想的具体，感到美和力量的集中，容易被学习和景仰。诗歌作为人类精神体现的另一种形式，同样必集中美和力量，它自然就应有一个至少的明确的境界，否则就很模糊或没有标准。以前诗歌的境界，都没有统一集中具体到一个共同的层面，评判诗歌的标准便没有一个至少的或基础的背景作依靠，在这种情况下来认识完整性诗歌的写作便有非常的意义，也是必要的。

完整性诗歌不是一个简单的方向，更不是一种流派和风格的主张；完整性不是停留在形式上的建设，它是诗歌体现人类精神完整的境界。诗人是灵魂的建设者，应不断地在灵魂和精神的建设中使灵魂和精神消除黑暗，归于光明，这是一种愿望。完整性诗歌便肩负着这种愿望，是在这种愿望中的运动，它是运动的状态，是运动的。完整性诗歌的写作就是愿望在诗歌进行中消除人类黑暗的工作，要获得光明就必须消除黑暗，这是一种完美的理想，完整性诗歌的写作必须担当这一使命。完整性对诗歌而言是最高的要求，它是必要的，它符合人类的最高最完美的理想。在这里我们还应分清完整性对于诗歌——存在着完整性诗歌和诗歌的完整性——这两个在同一认识基础上再认识的不同概念。这两个不同的概念实际上是互为因果的，诗歌的完整性便是对完整性诗歌这一运动实现愿望后的确认。从上面可以看到，完整性诗歌的本质是消除人类的黑暗，只有当人类的黑暗在诗歌中得以消除，诗歌才获得了完整性。

由于完整性诗歌的写作不是一种形式上的主张，它并不反对任何形式的存在，但只要形式一旦陷入纠缠的黑暗之中，它就会将这种形式黑暗消除。在完整性诗歌看来，所有唯形式或在形式中纠缠的东西都是黑暗的。这些黑暗体现在写作中，同时体现在写作者本身，所以完整性诗歌写作又是人与诗高度结合的精神建设，它应在诗歌中消除人类精神中存在的黑暗，达到人类精神的完整。同样，诗歌在自身建设中消除了黑暗，便获得了诗歌的完整性，这是诗歌的光明，也是人类精神体现在诗歌中的光明。

在完整性认识中，黑暗是一个最为关键的词。黑暗在人类精神与生活之中无处不在，需要我们不断寻找并消除，我们不能找到所有的黑暗，但我们可以找到至少的黑暗。一个人断了手臂是痛苦的，对身体而言已不再完整，这种痛苦可以伪忘却；但在他的心理或精神中缠抱这个断臂不放，不完整的就已是他的精神，这将比不完整的身体更为痛苦，这只断臂无疑就成了这个人的黑暗。断臂只是一个形式，哪怕它是非常重要的形式，无论失去或不失去，都不必纠缠，对形式的纠缠必将把自身带入黑暗。这样的说明还有许多，像我们的生命最基本所必需的有粮食、水和氧气等，这些是我们维持生命的基础，缺一不可。如果爱情阻止我们获得其中的任何一个，我们将会死去，否则我们就得放弃爱情；如果生命和爱情都不能放弃，我们必将陷入无限痛苦之中，最终必定会不得不放弃一方面，或两者都放弃。在这个黑暗之中，不可能两者都完好和谐。在需要生命这方面，爱情便成了生命的黑暗，也就是说，形式成了本质的黑暗。但要使生命成为爱情的黑暗，几乎是不成立的，最多也就是形式和本质同时消除黑暗，这就意味着一个人自身的消失——这种光明是以牺牲本质为代价的，追求的是短暂的永恒。这个意义在诗人裴多菲"生命诚可贵，爱情价更高，若为自由故，二者皆可抛"一诗中说明得最为有力。在这里，形式成为本质的全部内涵，形式做到了对本质的不计后果的真诚。这样的真诚对诗人同样重要和必要，真正的诗人应该在诗歌之中同样做得这么好。

中国新诗以来，特别是新时期以来，中国现代诗最高最大的成就主要体现在形式的建设上，它的繁荣是轰轰烈烈的诗歌各方面的形式探索和突破,但并没有把各种形式与内容整合而开掘出更深、更广阔、更高远的境界,而是一味地在各自狭小的胡同中纠缠、走私。这些形式主要是指语言和技术修辞以及某一形式反对另一形式,或某一观念反对另一观念等;甚至后来乃至现在还有人纠缠于诗歌该写什么和不该写什么的问题,或诗歌不是写什么而是该怎么写的问题,或诗歌不是怎么写而是该写什么的问题等,由此看到诗人已沦落到无聊的狭小的形式纠缠之中。诗人们进入写作的认识黑暗,才会导致更大的黑暗到来。形式的东西一开始可能是内容或某一类境界的主要组织,不久很可能就只剩下形式的僵壳。蜗牛在里面死掉了,腐烂了,空了,里面充满黑暗,诗人们自甘埋葬,甚至要以自葬为乐——虽然有他们的弟子陪葬,并不稀奇。当下诗人千面一孔,即使有差异,更多的也是诗人们自欺欺人的自圆其说,他们都在他们的胡同里转来转去——他们都有一个狭小的胡同,胡同所处不是暗就是黑,总不会大开光明。一个真正有能力有境界的诗人是不会如此沦入胡同或形式黑暗的,他不会停留在任何形式的纠缠之中,他会自律,看清自己,不断修正自己,看清自己的黑暗,从而消除。唯形式而追求,便会容易滑入黑暗;只有从本质出发,才会深远广阔,把形式置于无形,把境界视为光明。我们知道民间立场,知识分子写作,乃至口语和后口语等,为什么会如此争吵不休或不了了之,最根本的原因不是这些形式出现会带来什么后果,也不是争论本身,而是诗人们老是停留在唯形式的纠缠之中。这样争吵下去,各自抱着一个框框,使尽浑身解数来自圆其说,自然也不乏自欺欺人。诗人们为什么不是从他们各自和对方发现光明和黑暗之处,来建设意见来完整诗歌的境界,为什么我们在稍长的时间里,或甚至在当时就会发现他们都在背叛自己的画地之牢。你说诗歌就在这种框框里是你追求的,甚至是诗歌的天空,也应该是大家去追求的，但是诗歌的天空并不是井这么个大小的形式。世界上所有伟大的诗人最后都脱离或背叛了他先前停留的形式，这就说明了任何一种形式或主张在美和力量的境界中都是暂时的、渺小的。形式的东西没有哪一种是广阔的，固守形式就等于是抱着石头游泳，就等于截断自己更为广阔的天空和河流，它是光明边上的黑和暗。唯形式就是让内容服从形式的要求，就是服从黑暗，如果失败，肯定就是黑暗的胜利。完整性诗歌鼓励形式的探索，但不是纠缠在争吵的各类形式之中，这样的争吵只能成为诗人自身的黑暗。批评和争论都应是建设性的，是积极明确的为人类精神的完整而补充的工作——就像一个雕塑在哪里得到修正和弥补直到完整，达到共同追求的境界；而不是把另一个雕塑搬过来说，应该是这个样子，赶快毁掉你的泥巴吧。如果这样，我们就非常容易发现形式的东西总是走极端，走入极端的形式，必定要滑入黑暗。

人类的黑暗有很多，但可以肯定黑暗的东西都是唯形式纠缠的。我们在诗歌写作中看到的故弄玄虚和自作聪明以及自以为是等，都体现了写作者自身的黑暗。这些方面都像鲁迅先生说到的皮袍下的"小"，它是私的，都会为一种形式牺牲或成为一种牺牲的形式，它必定是人的黑暗。人类的文明保护着人类，使人类少受各种压迫和折磨，人类就要不断创造文明，维护并完整文明，健康人类精神，不断消除人类的黑暗，寻求达到保护自身的完整性。它要抵抗或要消除的是人类生存的环境中可能有的各种不利因素——它包括自然的、人为的身体和精神中纠缠的各种痛苦与灾难，它们都是人类的黑暗，人类必须与黑暗作斗争，这是人类文明的要求，也是人类精神的愿望。每个人都有很多的黑暗，可以找到至少的黑暗，但黑暗又是发展的，人类必须不断寻找，不断消除。完整性诗歌写作就是从消除至少的黑暗开始，从修正我们的心开始，一项永无止境的工作——

不断完整内心、完整人类的精神。诗歌消除了人类精神中的黑暗，人类的灵魂才回到了光明之中。

2003.4.16 圣地居

如果说，用诗歌抵御流水……

聂小雨

  东荡子说过，每一片叶子都独一无二，精美绝伦。缺胳膊少腿的蚂蚁，怀抱残缺的身体，照样完成着自己。而原本独一无二的你我，想要完善自己的一生，在于一点点发现并消除自身存在的黑暗。正如桌上的那杯水，只要将杯中的老鼠屎一粒一粒捡掉。为人，为文，不在一味学习他者的优点，一味往杯中加入琼浆玉液，黑暗不消除，泥沙俱下，老鼠屎不捡掉，再多的琼浆玉液也成就不了一杯纯净的水。东荡子把诗人的工作比喻成大海捞针，即在大海里将一颗颗晶莹剔透的珍珠打捞上来，呈现在读者面前。
  东荡子的一生都在这样的比喻下践行。从东荡洲到沅江到益阳，到北京到上海到广州，又回长沙，再返广州，到增城，一年一年，寒来暑往，漂泊，暂住，又或定居，即便两袖清风，东荡子重复着不变的动作——发现，消除，再发现，再消除，不断地在漏洞中修复自己。随着思想认识日臻成熟，逐渐消除那些从前尚无能力发现的漏洞，追求更为开阔的人生境界，这是东荡子平凡的四十九年做下的最为坚定的事。如此，直抵本质，直取内核的方式方法，两点一线，避开了弯路，使得东荡子的为诗极其简单，一如他的为人，二者高度统一。好在，做这一切，于他，如散步，如午睡。
  "我的生活从来没有秘密"（《致尼娜》），"写在纸上的，必从心里流出"(《宣读你内心那最后一页》)。想想一个"因为思考而活着"(《诗歌是简单的》)的作者,怎会依赖所谓的灵感生存。不要试图为狡黠与投机寻找借口,成功不过是短暂的自慰的把戏,证明不了内心的虚弱和愚蠢。唯有对着镜子,正视自己的无能,才可能走向真正的愉快!"要获得永生,可以不做一个伟大的人/也绝不可以做下任何一点卑劣的事情"(《虚无》)。所有与真诚偏离的,都称得上卑劣。既朴实又高贵,既简洁又丰沛,哪怕表述某个尽人皆知的道理,也要让字里行间充盈持久而新鲜的体验。东荡子反对装腔作势,反对神乎其神,自始至终,他相信个人的力量,相信爱的力量,"倘若它一心发光/死后我又如何怀疑/一个失去声带的人会停止歌唱"(《倘若它一心发光》)。

很多朋友说,东荡子注定是个诗人,东荡子却说,"挤牛奶和写诗歌,本是一对孪生兄弟"(《不要让这门手艺失传》),"今天我会走得更远一些",是因为我"把你们遗弃的,重又拾起"(《异类》)。东荡子恪守根本,"盘坐在自己的山巅"(《不要让这门手艺失传》)。他的铺垫与累积,和众多诗人毫无二致,来自游手好闲的大街小巷,来自田园里一朵蘑菇的冒出,来自水池中一圈涟漪的泛起……或许他对人类对生命的定义,要求他从自我教育出发,从更高的审美出发,他唯愿自己"停留在一切美的中心"(《停留在一切美的中心》)。1989年,年轻的东荡子便反复追问,"斧头为什么闪光/朽木为什么不朽"(《伐木者》)。四年后,依然一身贫穷的东荡子在"疾风与劲草"中发出英雄的呼喊,"水又怎样/我就这样趟过河去"(《水又怎样》)。他醒觉,"月亮是我们想象出来的"(《月亮》),而亲爱的"上帝从不光顾我们的晚餐"(《上帝从不光顾我们的晚餐》),可他"一意孤行/流连于山水"(《一意孤行》),只因"他相信了心灵"(《他相信了心灵》)。东荡子坚信,"尘土和光荣都会回到自己的位置/你也将回来,就像树叶曾经在高处"(《树叶曾经在高处》)。人要"无视黑夜的黑","看见里面的光,又看见外面的光"(《看见里面的光》)。写诗二十余年来,东荡子一步步后退,退到了岸,而他面对的,始终是无际的大海。在岸上,他将大海看得更清更透。

从最初到最后,东荡子诗歌中体现的思想一脉相承。如先前的"一切/都是易碎的欢乐"(《水又怎样》),后来的"一切都在过去,要在寓言中消亡"(《寓言》)。又如先前的"少女在轻轻歌唱,有些忧伤/强盗在沉默,从马背上下来"(《月亮》),后来的"仿佛晴空垂首,一片树叶离去/也会带走一个囚徒"(《一片树叶离去》),等等。多年之后,东荡子仍不忘将旧作拿出来,字斟句酌,一修再改。他深知,骄傲的时间绝不关心李白、杜甫的诗句哪年哪月写就,唯有代代相诵的经典无视光阴与流水,既然没有天纵之才,那就脚踏实地。尤为可贵的是,东荡子的思想绝不停留在文字,他把它们应用到种一畦韭菜,应用到盖建一间木屋,应用到与楼下新来保安的一次闲聊,他希望与自己相遇的每一件事每一个人,都被带到一个善意的纯净的王国,哪怕希望只有百分之一,他全心全意做着百分之百的努力。

剥茧抽丝,直奔光明,构成东荡子精神与现实、出世与入世紧密结合的每一天。可以说,这是一条艰难的、没有尽头的旅程,若是此刻东荡子尚在人间,搭上他的余生,恐怕也难以走完。东荡子的幸运,也是汉语诗歌的幸运,更在他的一帮诗歌兄弟们,在这条漫漫长路上,继续阔步前行。

五年多过去,大地上一切依旧,叶子在离去,河水在干涸,屋顶在摇晃;而抬头仰望,鸟儿飞翔在灰色的天空,那团棉花般洁白的云朵,依旧徘徊在童年与想象之门。较之以往,多出的,似是几分悲凉,时间这个万能的家伙并未成为文明的先师,发生的还在发生,无可避免,远离的尚未远离,举步维艰。而五年多来,朋友们无数次以诗歌的名义,欢聚一堂,描绘人类的梦境,探讨生命的可能……不至于令沉寂的心在真实的谎言里陷得太久、太深。当我们依旧无法挣脱友谊的枷锁,成为一个人的孤岛的时候,爱,且是卑微生命中难以僭越的凭藉。因为爱人,爱己,朋友们环环相扣,感知窃窃私语,感知悲欢离合。"生命本是一场盲目的战争"(《信徒》),人生又何尝不是一场假设,一则寓言,且让"失败者举起酒杯,和胜利的喜悦一样"(《宣读你内心那最后一页》)。

  近几年,蒙朋友们厚爱,已出版几册东荡子读本,"东荡子诗歌奖"也已如期举办五届。此次应东荡子复旦作家班同学之邀,由我编选此册东荡子读本,在此深表感谢。一直以来,东荡子习惯在诗歌末尾标注时间和地点,此次编辑过程中,我自是予以保留,且仍以诗歌创作年月为排序,然而当我写下以上短文之时,又欲尽量打破时间和个人情感的界限,希望随便翻开一页,任意一首,在枕边在旅途,白天或夜晚,都能读到心灵所需,不虚此行。但愿,东荡子诗歌中燃烧和流淌的,或热烈或平静的情绪交织与思想力量,经得起岁月的苍老,抵得过江河的流逝。

2018 年 12 月九雨楼

图书在版编目(CIP)数据

宣读你内心那最后一页/东荡子著;聂小雨编.—上海:复旦大学出版社,2019.8
(复旦大学中文系"高山流水"文丛/陈引驰,梁永安主编)
ISBN 978-7-309-14431-4

Ⅰ.①宣… Ⅱ.①东…②聂… Ⅲ.①诗集-中国-当代 Ⅳ.①I227

中国版本图书馆 CIP 数据核字(2019)第 157363 号

宣读你内心那最后一页
东荡子 著 聂小雨 编

出 品 人 严 峰
责任编辑 宋文涛

复旦大学出版社有限公司出版发行
上海市国权路 579 号 邮编:200433
网址:fupnet@fudanpress.com http://www.fudanpress.com
门市零售:86-21-65642857 团体订购:86-21-65118853
外埠邮购:86-21-65109143 出版部电话:86-21-65642845
常熟市华顺印刷有限公司

开本 890×1240 1/32 印张 5.75 字数 137 千
2019 年 8 月第 1 版第 1 次印刷

ISBN 978-7-309-14431-4/I·1161
定价:32.00 元

如有印装质量问题,请向复旦大学出版社有限公司出版部调换。
版权所有 侵权必究